動物たちが織成す狂氣の物語

獣怖《ケモノコワ》

著・村田らむ

竹書房

はじめに

獣とは、そもそも怖いものだ。

人間はかつて、ライオンやクマ、狼などの動物に食われてきた。さほど大きくもなく、足もあまり速くない人間にとって大型の猫科動物は脅威以外のなにものでもなかっただろう。

「自然や野生動物に優しくしくしましょう」

と叫ぶ人がいるが、ずいぶんと舐めた口をきいていると思う。神様にでもなったつもりの、上から目線だ。

人は食われないようにしたいし、そうするためには獣を殺す。殺したからには、食う。

なんのことはない、人も獣だ。

獣は他者から命を奪い生きながらえ、最後は他者から命を奪われて死ぬ宿命だ。その日がくるまで僕らは怯えながら生きるしかない。


この本と同じく竹書房から『人怖』という単行本のシリーズを三冊出させてもらった。俺自身の経験談や知人から聞いた〝人の怖い話〟を集めた本だ。このシリーズで評判になる話は動物が登場する話が多かった。

少し例を挙げるなら、俺の話だと、

●数年ぶりに会った女性と関係を持った時にピロートークで、
『私、ハムスターを殺すのが趣味なんだよね』

と告白された話。最初は間違いで殺してしまったのだが、快感を感じてしまい次から次へと新しいハムスターを飼っては様々な殺し方をしたという。

●嫁が部屋に蛇のカゴを置き始め、見て見ぬふりをしていたらいつの間にか蛇だらけになってしまった。中には違法の巨大なアミメニシキヘビも。彼女と喧嘩すると帰らなくなり、蛇たちは部屋の寒さで次々と死んでいった。アミメニシキヘビは声帯がないのに、コオオオオと声をあげて死んだ。

人から聞いた話だと、

●四国のお遍路に行ったとき、宿泊施設で優しそうな男性に出会った。犬、猫、ハムスターなどなど様々な動物たちの一緒に遍路をする絵を描いていた。家出をして遍路に出る前は、実家でものすごい数の動物を飼っていたという。その動物たちは家を出る時にどうしたのか？　と聞くと、

「もちろん全部殺して食べましたよ」

と言われた。

動物がからむと人はより強く恐怖を感じるらしい。ならば、獣の怖い話だけを集めたら、一本の単行本が作れるのではないか？　という企画のもと作られたのが本作だ。

人怖では獣たちは人間の被害者としての立場が多かったが、本作ではしっかりと襲う側の立場にもなっている。

この本を読んで、獣の根源的《プリミティブ》な恐怖を感じてもらえれば幸いだ。

村田らむ

目次

獣聚鳥散の章

人面獣心の章

亀甲獣骨の章

困獣猶闘の章

※困獣猶闘（こんじゅうゆうとう）…どうすることも出来ない状況になっても、諦めずにあらがおうとすることのたとえ。

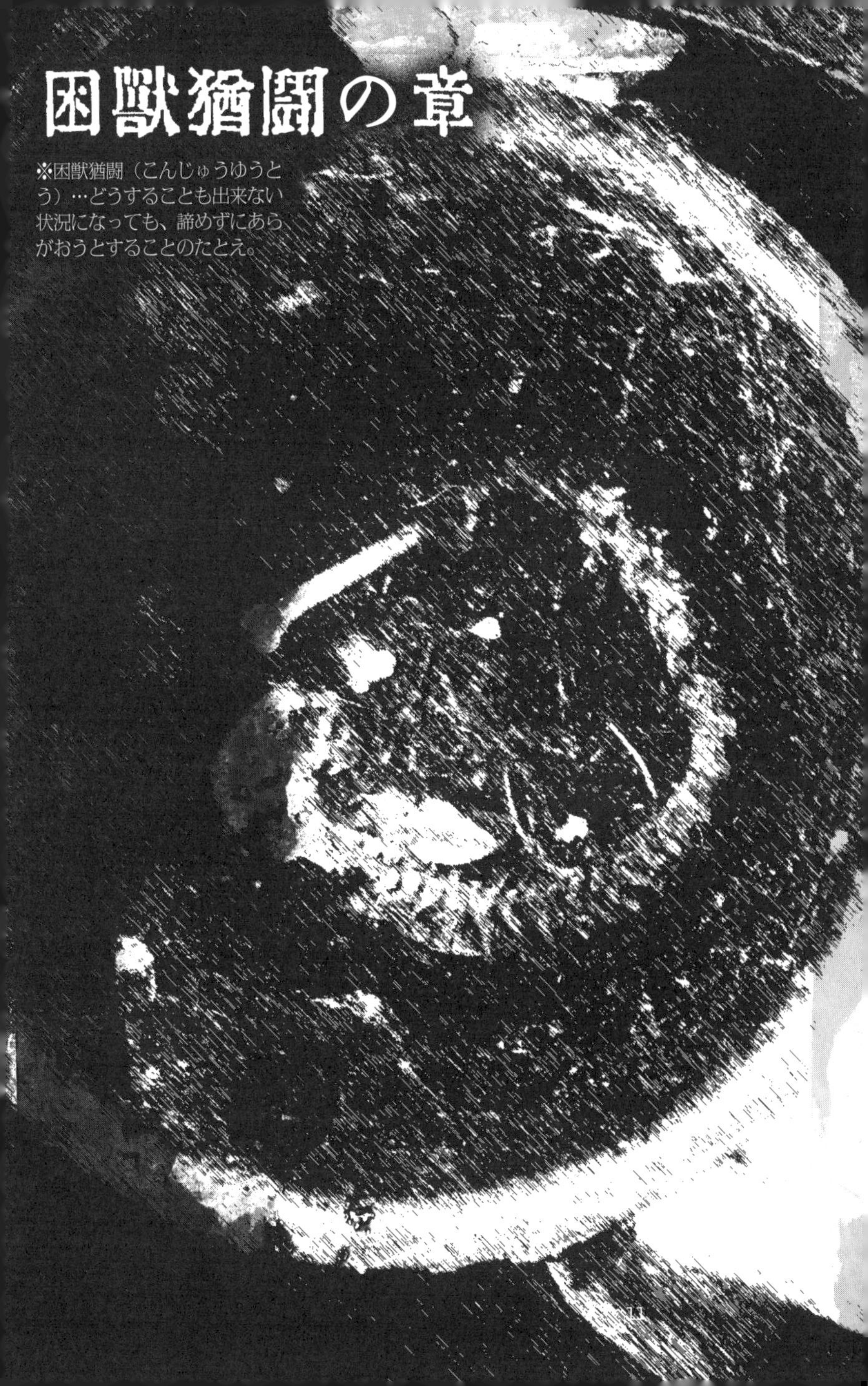

殺人の日常

古い知り合いから聞いた話だ。

『埼玉愛犬家殺人事件』という有名な殺人事件がある。

埼玉県にあった犬の繁殖販売をしていた男女が、トラブルになった人たちを硝酸ストリキニーネで毒殺した。

「子犬を高額で引き取る」

と約束して犬を売りつけるのだが、実際に売りにきたら値切る。それで揉めたら殺してしまう、というかなりヤバい殺人夫婦だ。

死体は自宅の風呂場で解体し、骨をドラム缶で焼却して遺棄した。かなり丁寧に死体を消したため、警察は犯人を逮捕するのに苦労したといわれている。河川や山林を大規模捜査して、遺骨や遺留品をなんとか見つけた。殺人事件として起訴するにはかなり厳しいという見方もあったといわれている。

1994年に男女の被疑者は逮捕され、2005年に死刑が確定している。最終的には二人で、お互いに相手が主犯だと押しつけあった。

事件の現場になった建物は現在でも残されている。二億円かけて建てられたといわれていて、かなり立派だ。看板は取り外されているが、中身はほぼそのまま。檻がいくつも重ねられていたり、錆びついた冷蔵庫が放置されたりしている。ガラスには当時繁殖していたアラスカン・マラミュートのステッカーが貼ってあった。

ただ、どこを探しても死体を解体したといわれる風呂場は見つからなかった。警察が取り外して、持ち帰って化学分析したのかもしれない。

犬舎には画鋲で紙が貼られていた。

『もう一度点検

1、犬舎の鍵忘れるな

1、犬舎はくさくないか？　ゴミはないか？

1、犬に変わりはないか？　汚れてないか？

1、かゆがらないか？　目ヤニはないか？

1、食器忘れるな　ゴミを出せ

1、今日のことは、今日すぐやれ』

とてもしっかりしている言葉である。

人間は何人も殺したのに、犬にはとても優しい。


建物の敷地内には鉄骨が置かれていた。

誰が置いたのだろう？　と思っていたら、老爺に話しかけられた。対面に住んでいる人らしい。

「どうせ戻ってこないから、うちの仕事の資材とか置かせてもらってるんだよ」

そう言いながらゲラゲラと笑った。

当時の様子を聞いてみる。

「なかなか羽振りがいいみたいで、よくパーティーとかやってたよ。あれ、あの人がきてた。怪談の。稲〇〇二!!」

と語ってくれた。

その後、よくいくバーで飲んでいるときにこの話をしていた。

古くからの知り合いの編集者がたまたまきていた。ちょっと変わり種の編集者で、大柄で髪の毛はドレッドヘア。活動的で性格も明るい人だ。

「あ、俺いってたよ、その現場」

「え？　いってたって、なんでですか？　当時はまだ若いですよね」

「若いよ。アルバイトしてたのよ。肉屋で」

「え？　肉屋？」

「当時は、敷地内にライオンを飼ってたんだよ。そのライオンの餌の肉をバイクで配達していたわけ」

バブル時期とはいえ、ライオンを飼うとはすごい。ただライオンを飼ったり、新しい建物を建てたりして、金銭苦になってしまったようだ。

「すげえ注意されてたよ。肉屋の店長から。『あそこの人たちは、人殺してるから気をつけろ』って。近所の人たちはみんな殺人が行われているの知ってたみたいよ。自分たちは関わらないようにしてたけど」

殺人が行われていることを知りつつも、日常が流れていく。世の中はそんなもんなのかと絶望した。

捕食

青木ヶ原樹海に初めて足を運んだのは、もう四半世紀ほど前になる。当時はインターネットも今ほど発展していなかったから、紙媒体から得た曖昧な情報を元に散策していた。

「入ったら出られない」

「コンパスが効かない」

などのまことしやかな情報（実際には嘘の情報）も怖かったが、本当に一番怖かったのは、クマだった。

クマの生息地は青木ヶ原樹海も含まれている。なので、クマよけの鈴を買い『チリンチリン』と鳴らしながら歩くのだが、まったく安心できない。

ただ運のいいことに、クマと出会うことはなかった。代わりによく鹿とは出会った。草食動物の代表のような鹿ならば、樹海で遭っても怖くないだろう、と思うかもしれない。俺もそう思っていた。しかし、樹海を走る鹿はものすごいスピード感だった。

樹海の地面は溶岩でできていて、ガタガタとして歩きづらい。しかし、鹿にとっては普通の山道と変わりないらしく、トーントーンとすごいスピードで走っていく。そんな様子をよく見かけたが、写真を撮る間もなく彼方に消えていってしまう。

ただ一度だけ、真正面から二匹の鹿が猛スピードで走ってきたことがあった。かなり大柄の雄鹿で立派な角が生えていた。鹿は臆病だから避けるだろうと思ったのだが、一匹の鹿はまったく進路を変えず、むしろこちらに角を突き出すように走ってきた。

反射的にあとずさると、ほんの数センチの距離ですれ違って駆け抜けていった。まともにぶつかっていたら、ただではすまなかっただろう。

鹿は廃墟や廃村を探索していても遭遇することが多い。秩父の山奥の崖の上に建てられた廃村を歩いていたとき、ふと廃屋の中を覗くと、大きな雌鹿が休んでいた。好戦的な雄鹿と違い、雌鹿は逃げてくれる可能性が高いとは考えたが、廃屋だから出口は一箇所しかない。つまり俺入ってきたところしか出口がない。

「ヤバい！」

そう思った瞬間には、俺の立つ出口に突進してきていた。慌てて飛び退き、間一髪で避けることができたが、ぶつかられていたらそのまま崖から落ちてしまっただろう。

樹海で見た動物といえば、他にはネズミやイタチっぽい小動物だけだ。しかしその小動物も十分に怖い。

樹海では死んでいる人を発見することがあるが、冬場に倒れて死んでいる死体は顔面を小動物に齧《かじ》られていることが多い。齧られて剥き出しになった筋肉や脂肪の上には点々と黒い糞が落ちている。

10年以上、一緒に樹海に行っているKさんという男性がいる。サラリーマンをしながら、土日は樹海を彷徨い死体を探し続ける変わった人だ。

「この間、猪を見ましたよ。すごくでかかった。『もののけ姫』の乙事主（おっことぬし）みたいなサイズ感でしたよ。樹海の中で猪の牙で太ももでも刺されたら、死ぬこともありますからね。怖いですよ」

と笑顔で言う。

そんな、Kさんでもクマとバッティングしたことはない。ただ二人で樹海を歩いていたとき、少し離れた場所の樹が『バサバサバサ！』と激しく揺れたことがあった。バキバキと枝を踏みしだく音も聞こえた。二人とも何も言わなかったが、『クマだな』と思っていた。

「樹海にはクマはいない」

と言う人もいるが、どうやらいる。

Ｋさんが樹海の近くを歩いていると、

「クマが出てるから気をつけて」

と猟師に言われたこともあるそうだ。

なにより最近、俺の知り合いの男性がクマを見つけてしまった。それも森の奥の方で見つけたわけではない。観光の洞窟がある『鳴沢氷穴』の遊歩道を歩いているのを見たそうだ。そこは一時的に立ち入り禁止になったらしい。

「まあ、壁があるわけじゃないですからね。餌が足りなくなったら樹海にくることもあるみたいです。そこに人間の死体があったら食べるでしょうね」

ふと、樹海で見つけた老齢の男女の心中死体を思い出した。樹海の自殺はほとんどが縊死《いし》（首吊り）だが、珍しく毒（除草剤）を飲んで死んでいた。

二人並んで横たわって死んでいたが、二人ともジャンパーは捲られて内臓がごそっと食べられていた。猪かそれともクマか。とにかく大きい動物だ。Ｋさんはそれを見たとき、こう呟いた。

「あれはクマだったかもしれませんね。でも死んだあとに食べられてますよね。生きたまま食べられる人もいるでしょうね」

その言葉で、Kさんと最初に樹海に潜ったときに見つけた死体を思い出した。

木の下で横たわっていたその死体は、へそより上の部分はぐちゃぐちゃになっていて、頭は行方不明だった。足もごっそりと齧られていた。何かに食べられていた形跡がそこかしこにある。

「ロープもなかったし毒の缶もなかったし、自然に死のうとした人じゃないかと思うんですよね。ひょっとしたらまだ死ぬ前。生きているときに熊に遭遇して、食べられたのかもしれないですね。顔面の肉を食べられて、はらわたを割かれて首を突っ込まれて、生きたまま食べられたのかもしれません」

笑いながら惨劇を想像して笑うKさん。そのときに感じた恐怖をなぜ忘れていたのだろうか……。

風俗嬢のペット

風俗嬢のインタビュー取材をすることがまれにある。基本的には風俗店内で話を聞くことが多いが、たまに風俗嬢の自宅で話を聞くこともあった。

風俗嬢が住んでいるのは、風俗店の寮が多かった。寮といっても大学の寮のような無骨な建物ではない。風俗グループが持っているマンションの部屋を女の子に貸す。女の子が店を辞めると、新しい子を入れる。

風俗で働こうとしている女の子は、居場所を失っている場合も多いので、寮があれば受け皿になり雇いやすくなる。店側の戦略だ。もちろん、家賃は給料から天引きされる。

都内のファッションヘルスで働く新人の風俗嬢のインタビューで、都心部のマンションに案内された。細く長いマンションだったが、見た目はとても綺麗だった。エレベーターに乗って七階まで上がる。

「この部屋です～」

ドアを開けると、チャカチャカチャカチャカと床を爪で引っ掻く音が聞こえてきた。

焦げ茶色のトイプードルが走ってきた。

彼女は健気に尾をふるトイプードルをワシャワシャと撫でた。

「ごめんなさいね。ウチの子、騒々しくて」

顔を舐められながら、謝る。

トイプードルは全犬種の中で一番人気のある犬だと言われている。

値段は20万円以上する。

まだ働きはじめたばかりの風俗嬢が飼うには、高額だと思った。

「自分では買ってないですよ〜。キャバで働いていたときのお客さんに買ってもらったんです。トイプーにした理由は、散歩させなくていい犬種だって聞いたから。めちゃくちゃ可愛いです。今の生きがいですね‼」

そう言うと彼女はさらに犬をワシャワシャと撫でた。

俺はその様子を見ながら、暗い気持ちになった。繁華街にあるペットショップの裏側を取材したことがあったからだ。

ペットの犬猫は子供のころに売れなければ、その後はまず売れない。種親として一生子作りをさせられるか、さもなければ殺処分されることもある。

「売れなかった個体はミキサーで潰して、ドッグフードに混ぜて食わせる業者もある」

そんなことを聞いたこともあった。

悪質なブリーダーだと近親相姦を重ねるので、障害が出るケースも多い。ペットとして売れないレベルの犬もやはり同じように処分される。

現場の写真も見たが、かなり悲惨だった。

暗い現場に大量の汚れた檻が並んでおり、閉じ込められた犬たちが黒い目でジッとこちらを見ている。

その様子を知っている俺は、決して飼いたいとは思わないが、彼女に飼われた犬は運よく檻から出られた犬だといえる。

散歩はさせてもらえないかもしれないが、部屋の中を自由に走り回ることはできる。

餌もたくさん与えられているようだ。

そんなことを考え、気もそぞろになりつつインタビューを終え帰宅した。

それから一年以上の日々が過ぎ、そんなことはすっかり忘れてしまっていたが、今度はまったく違う筋からの依頼で、風俗嬢を自宅でインタビューすることになった。指定されているマンションに向かっている途中、既視感に囚われた。

「ああ、このマンション。トイプーの女が住んでいたところだ」

紙面やネット上に顔を出してインタビューに答える女性は多くない。結果的に同じ人に話を聞くことも多い。

部屋のチャイムを押すと、やはり同じ女性が出てきた。

「いらっしゃいませ!!」

背後からチャカチャカチャカチャカと犬が走ってくる音が聞こえてきた。


その犬は、ミニチュアダックスフンドだった。


彼女は俺のことは覚えていないようだった。

この犬はどうしたの？　と聞くと、

「今のお店、デートコースがあるんです。お客さんと街を歩いてからホテルに入るんですけど、その途中のペットショップでこの子見つけて!!　可愛いって言ってたら、なんと買ってくれたんです!!」

彼女は無邪気なキラキラした目で話した。

彼女はワシャワシャと犬を撫ぜて、頬にキスをした。
たった一年で前と違う犬を前と同じような経緯で飼っている……。
俺はそのワケを考えないようにしていた。

レンタル動物

俺がライターをはじめて間もないころ。

アダルトビデオの現場を取材することになった。大きな会社ではなく、社長が個人で作っている規模の小さい撮影だ。

撮影場所はレンタルのハウススタジオ。カメラマンも兼ねている社長と男優と女優だけのシンプルな現場だった。撮影の様子を取材したあと、社長に話を伺った。

アダルトビデオについて聞き終わったあとは、プライベートな話も聞いた。

社長はアダルトビデオ専業ではなく、他にもいろいろな事業を経営していた。そのひとつに動物のレンタル業があった。

「テレビとか、雑誌とかで動物が必要になったときに提供するのが仕事。基本的にはメディアからの依頼が多いね」

とくに動物が好きというわけではなく、金になるからやっているという感じだった。

「一番多いのは犬だね。犬だけは何種類も飼っている。ついで猫が多い。ヒツジ、ヤギ、インコ、ハリネズミ、ヘビ……とか色々飼ってる。まあまあ、きちんと世話はしてるよ。見てくれが悪くなると借りてくれなくなるからね」

今ほどCGが万能の時代ではなかったから、動物を画面に出すときには、基本的に実物が必要だった。多少ヤバい話が出ても、コンプライアンスも今ほど煩くなかったので、

「そういう商売もあるんだなぁ」

と思っただけだった。

「そういえば、最近すげえ嫌なことがあってさ……」

顔を曇らせながら唐突に社長は語りだした。

依頼者は動画の制作会社。CMの撮影のために動物をレンタルすることになった。その制作会社との取引は過去にもあり、とくに不安もなく応じたという。

「貸す動物はペンギン一羽だった。クーラーのCMで、Kとペンギンが一緒に歩く、という目に浮かぶような構図だね」

Kは映画などでもよく顔を見る、有名な男性俳優。

撮影はスタート時点ではスムーズだった。ペンギンも思い通りに動き、素直に俳優の横を歩いていた。

問題が起きたのは、ペンギンのアップのシーンだった。ペンギンだけがアップで映されて、役者は足しか映らない。

「撮影後に自分の顔が写ってないと知った役者は大激怒したんだよ」

「なんで俺がペンギンを連れて歩かなければならないんだ‼　そんなのは誰でもできるだろう‼　俺を舐めてるのか‼」

大声で怒鳴り散らかしたという。

スタッフは慌てて謝ったが、彼の怒りはまったく収まらない。

怒り心頭の俳優はペンギンを持ち上げて、スタッフに向かって投げつけた。

そして落ちた。

「バーンって機材に当たって、そのまま床に落ちて重症。病院に運ぶまもなく死んじゃったよ。ペンギンと歩くシーンだけはその俳優じゃなくて、代役を立てておけばよかったのに……。でもまあ、罪のないペンギンを殺すことはないよな」

社長は恨みがましい目でこちらを見ながら、薄く笑った。

鳥かご

俺は10年ほど前、ゴミ屋敷清掃の仕事を体験でしていた。出版の仕事の合間を見て、指示された現場に向かう。現場に到着するまで、どんな現場かは知らされたことはなかった。

その日も支持された場所へと向かい、電車に乗ってサラリーマンのベッドタウンに到着した。さらに地図に従って街を移動し、かなり高級なマンションへとたどり着いた。

「今回は家族向けのマンションや。部屋は三つある。一部屋あたりのゴミはそれほど多くないけど、みんな合わせたらそこそこの量になると思うわ」

社長が説明をする。

玄関を開けると一面に物があふれている。

たしかに所々、床が見える。

ゴミ屋敷清掃をしている人にとっては〝そこそこ〟の物件だが、普通の人にとっては、

「こんな部屋入ったことない‼」

と顔面が蒼白になるレベルの部屋だ。

俺は玄関を入ってすぐの小さい部屋を担当することになった。もともと夫婦で生活をしていたが離婚して、今は夫しかいないらしい。

俺が片づける部屋はその夫の部屋らしく、紳士服や雑誌、パソコン関係の物品などが出てきた。そのまま片づけを進めると、下の方から仕事の書類も大量にでてきた。

「もういらない書類なので、全部捨てちゃってかまいません」

数年にわたってたまりにたまった紙の束を一気に段ボールに詰めていく。

紙ゴミだから汚くはないはずなのだが、どうにも埃っぽい。細かい粉が飛び散る。マスクはつけているものの、網目を通して喉にまで入ってくる。

ゴミを小さく分けたあとは、腰を痛めないよう気をつけながら、部屋の外に運び出す。紙ゴミを出し終えたら、その部屋はずいぶん片づいた。綺麗に整理整頓したあと、続けて廊下に移動する。

廊下のゴミは、洗面所から溢れてきているものが大半だった。ゴミといっても、使えるであろう物がたくさん落ちている。洗剤、柔軟剤、シャンプーなどの詰替え用ボトルや、害虫駆除剤、消臭剤なども同じものがたくさん転がっている。妻はコンビニやスーパーに行くたびに消耗品を買ってしまうクセがある人だったようだ。

このような商品は、消費期限の過ぎていないものを捨てずにまとめるのだが、ますます埃が気になる。

そしてキッチンと居間がつながっている大きい部屋に移動する。この部屋を中心に生活をしていたのだと思うが、ここもうずたかくゴミが積もっている。

キッチンには未開封のレトルト食品と食べ終わった箱などが積み重なっている。

ここへきてますます埃が酷い。作業員のひとりはアレルギー反応を起こしてしまったのか、ひっきりなしにクシャミをしている。

あまり吸い込まないよう息を潜めながら作業を進める。

作業を進めていると居間の方から、聞きなれない音声が聞こえてきた。

「ピーピーピー」

何かタイマー的なものが作動したのか、それとも防災の検知器が作動してしまったのか？

気にしながらも作業は進める。

キッチンは食べ物のゴミが多かった。

ビールの栓を開けて、次々に排水口に捨てていく。臭いだけで酔っ払いそうだ。部屋から出てきた、コーヒーやお茶など中身の残っているドリンクも一緒に流しに捨てていく。

スパゲティーの乾麺や、レトルトカレーなど、買いだめていた食材も大量にでてくるが、これらの大半は消費期限切れ。食べ物の残りは、ひとまとめにして袋詰する。毎回、買ってきては放置の繰り返しだったようだ。

キッチンの掃除を終えて居間に移動する。

「ピーピーピーピー」

何なんだ？　いぶかしげにゴミを持ち上げてみると、ゴミの下に鳥かごがあった。

思わず自分の目を疑った。

鳥かごの中には青いセキセイインコが二匹いた。彼らはゴミの中の真っ暗な空間にずっと埋もれていたのだ。

しかもそれだけではなかった。鳥かごは合計三つ、合計六羽の小鳥が埋まっていた。

「世話はしていたんだけど、いつの間にかゴミがたまっていって埋まってしまって。それでもエサだけは、鳥かごの上からパラパラと撒いてたんですよ」


夫はなぜか照れるように笑いながら話す。

笑えるようなことは何もない。

部屋がすごく埃っぽかったのは、鳥の羽や、乾燥したエサが原因だったようだ。

床にはこぼれた餌が積もっていた。

そして、こぼれて放置された餌を食べて育ったのであろう、大きなヤマトゴキブリがその周囲からワラワラと逃げていった。

作業を終え家に帰る電車の中で、暗いゴミの中に閉じ込められながらも必死に鳴き続ける小鳥たちを思い鬱な気分になると同時に、命を放置しておきながら照れ笑いですませる男の精神性が怖くなってしまった。

動物愛護の行く末

犬食文化を取材していた。

韓国人が多く住む新宿区の百人町で、犬鍋を食べたのがはじめだった。濡れた犬を抱いたときの臭いがして、どうにも食べづらかったのを覚えている。10年くらい前は、国内でも犬肉を提供する韓国料理店、中華料理店があった。

その後、韓国に行って犬が生体で売られている市場を取材した。犬は雑に檻に入れられて売られているのだが、デリカシーがないことに、檻の前で犬肉を捌いていた。そして、ザルに入れた肉を目の前の床に置いて売っていた。自分に置き換えたら発狂しそうな状況だ。バラバラにされた人間の死体が、自分の檻の前に置かれているのだ。そもそも汚い床に肉を置くこと自体、嫌だった。

市場の中に食堂があった。

食堂のマスコットなのか、耳が紫色に染められたマルチーズがいて、なんとも複雑な気持ちになった。犬肉を食べているのは、禿げた50～60歳以上の親父ばかりだった。女性の店員

は親指を上げて、

「食べると勃つよ」

と言って客を引いていた。

つまり、多くの客が精力剤として犬を食べているのだ。

中国南部の玉林市《ぎょくりんし》で開催される『犬肉祭』にも取材に行った。犬肉祭といっても、パレードが開催されたりするわけではなかった。日本の土用の丑の日に鰻を食べるような感覚で、夏至あたりの時期にスタミナをつけるために犬肉を食べるという感じだ。

お店の客層は、韓国のように勃起したい親父だけではなく、家族で食べていた。本当に流行っていて店の外にもずらっと椅子が出されてみんなが同じ犬鍋を食べていた。

取材をしていると、

「また来たのか!! いいかげんにしろ!!」

とおばさんが包丁を持って追いかけてきた。這う這うの体で逃げたのだが、どうやら俺が訪れた前年、過激な動物愛護団体が集団で訪れて犬肉業者の邪魔をするなど過激な行動に出たそうだ。

取材をしたあとに、ウェブニュースなどに記事を書いた。

記事が掲載された翌日から、脅しがはじまった。

脅してきたのは、中国で過激な行動を取った男だった。スキンヘッドのゴツい見た目で、街宣活動などをしていた。

「犬肉の件で村田らむさん、あんたに話がある」

「村田らむさん、会って話しましょうか」

「Ｆａｃｅｂｏｏｋはブロックしたな卑怯だな」

矢継ぎ早にメールを送ってくる。

あらゆる手段で連絡を取ってくる。

ツイッターにも悪口を書かれっぱなしだ。

「お前は犬を食うなら、人の肉を食え‼」

過激なリプライを何度もつけられる。

『人肉を食べろ』とわけのわからない因縁をつけてくる動物愛護団体は多い。

個人だけではなく、記事を載せた会社にも連絡が入った。会社を攻撃するという内容で、会社では警備部が動いてものものしい雰囲気になっていると連絡が入った。

彼は動画共有サイトで、犬肉食を紹介している人にもかなり乱暴にからんでいた。無視していると、第二次世界大戦の陸軍特別攻撃隊（いわゆる神風特攻隊）の荒木幸雄隊員が犬を抱いている写真が送られてきて、

「犬食いライター村田らむ　特攻さんに侘びながら拝んでおけよ」

と言われた。彼の中には何か意味があるのかも知れないが、俺にはよく理解できず、ただただ気持ちが悪いし怖かった。

彼は、過激な行動で有名な某動物愛護団体に入っていたが、その組織の中でも浮いて、個人で行動している人だった。

「暴力も辞さない」

と明言していた。

こんなメチャクチャな人なのに、政界ともつながりがあり、共に活動していた。

何よりヤバいと感じたのは、彼のテロリスト的な行動だった。

犬肉を提供している中華料理屋に入っていくと、乱暴な言葉で中国人の店員を罵って、そ

の様子を動画で撮影。その動画をＳＮＳで流していた。常軌を逸している。

俺はよくトークライブなどをするので、そこを狙われて襲われてしまったら防ぐのは難しい。

しかし、ある日ピタッと嫌がらせが終わった。というか、彼の活動自体が終わった。

ネットで分かる限り追いかけていたが、ある日を境に一切の行動がなくなった。

以前、大病を患ったと書いていたから、再発したのかと思ったがそれにしても急だった。

ふと、彼が襲っていた中華料理店のことを思い出した。何軒も襲っていたが、その中の一店は聞き覚えがある店だった。

お手頃な値段で美味しい本格中華料理が食べられる店……という評判はもちろんだが、闇の噂もあった。

チャイニーズ系のマフィアが集う店というものだ。

20年以上前の歌舞伎町ではかなりたくさんのチャイニーズマフィアがいた。殺された人が転がっていることも、珍しくなかった。そんなお店に何度も嫌がらせをしていたのだ。

「ひょっとしたら、さらわれたのかもな……」

ふと思った。

できれば残酷な殺され方をしていて欲しいと思った。

彼が飼っていた犬は、おそらく餓死しただろうか。もしくは彼と一緒にさらわれて中華料理にされてしまっただろうか……。

鼠の幻覚

知り合いに自堕落というか、野放図というか、セルフネグレクトというか、そういう男がいた。

性格はよくて話も面白いので友達は多かったが、飲み過ぎて約束をすっぽかすことも少なくなかった。

クリエイター系の仕事をしていたが、才能はあるものの、酔っ払って不義理をしてしまうことが多かった。彼女がいるときは彼女の収入に甘えてヒモのような生活をするし、彼女がいないときはズブズブと酒を飲んで過ごす。たまに会って飲むと楽しいのだが、しばらく一緒にいるとこちらもダメになっていく気がする。彼はポジティブなときは、突然筋トレをはじめてムキムキになったりするが、ネガティブになると、最後に布団の上に置いたダンベルを動かす気力もなくなる。そんな彼は、毎日ダンベルを避けて寝ていたら、骨に異常が出てしまい病院に通っていた。

とにかくいつも酒を飲んでいたが、誘われたらそれ以外の薬物もやる。

「●●のスタッフたちと山の方まで行って、車の中で覚醒剤をやったよ。あれはすごい体験だったなー」

みたいなことを楽しそうに話す。

まあ、ダメな人だ。

そんな彼としばらく連絡が取れなくなっている時期があった。気になって聞いてみると、共通の知人から、

「最後に電話したとき『部屋にネズミがいる。親子で歩いているのが見える』とか言ってた。いよいよヤバいかも？」

などと不穏なことを告げられた。

アルコールを飲み過ぎると幻覚が見えるし、彼はアルコール以外の薬もいっぱい入れている。そのうち部屋で孤独死してしまうかもしれない。そうなったら、こちらも寝覚めが悪い。久しぶりに遊びに行くことにした。

部屋に入るとえらい散らかっているし、荒んだ臭いもしたが、少なくとも死んでしまった様子はなかった。彼はニコッと笑うと、

「いいね、飲もう」

そう言いながら、ウィスキーの瓶の蓋を開けるとトクトクとグラスに注いだ。

琥珀色の液体を飲みながら、急にどうしてきたんだ？　と聞かれる。

「なんか最近、幻覚が見えてるらしいから心配になってきた。ネズミの親子が見えるとか？」

「幻覚？　幻じゃないよ。本当にいるんだよ」

「この部屋に？　どこにいるの？」

彼は押し入れの上あたりを指差した。

「鴨居の上を歩くんだよ。チビを引き連れて」

見てみるが、もちろんいない。

訝《いぶか》しんだ目で彼を見ると、

「本当だよ。テレビの裏を見てみろよ」

と言う。言われたままに見てみると、パンツやらティッシュやらが落ちていた。たださらによく見てみると、たしかに何かの規則性を感じた。ぐるぐると渦巻いている。そして、粒々の黒いものが落ちている。ネズミの糞だろうか？

「あいつら部屋にあるもので巣を作るんだよ」

カシャカシャカシャカシャと爪が床を引っ搔く音がした。振り向くが姿は見えなかった。

本当に部屋にネズミがいることが分かり、急に怖くなった。

「あいつらヤバいよ。コンドームとか置いておくと精子の入ってる袋の部分だけ食べるんだよ。あとなんか、部屋で自炊すると糞が入ってるし。耳が痛くて目を覚ましたこともあった。齧られてたみたいだ」

「いやいや、病気になるよ？　駆除したほうがいいでしょ」

「またそうやってすぐ暴力に走る。あいつら、生まれたときは小さい肌色のがウゴウゴ動いてて本当に可愛いんだよ。ドブネズミじゃなくてハツカネズミだからね。大人になったってたかが知れてるし」

聞いているだけで、ゾワゾワする。

ふと鴨居の上を見ると、グレーの小さいハツカネズミがこちらを見ていた。目が合うと同時にスッと隠れた。ハツカネズミは恐ろしい勢いで増殖する。この部屋には何十匹のハツカネズミがいるらしい。

そこでズブズブと溶けるように生きている彼は、俺にはゆるやかに死にゆく人間のように見えた。

もう会うことはあるまいと思ったのだが、彼はそれから20年経った今も同じような生活を続けながら元気に生きている。クリエイターとして意外と評価が高い。
俺は、人間の強さに恐ろしさを感じた。

獣聚鳥散の章

※獣聚鳥散（じゅうしゅうちょうさん）…規律や統率が全くないものの集まり。「聚」は集まるという意味。

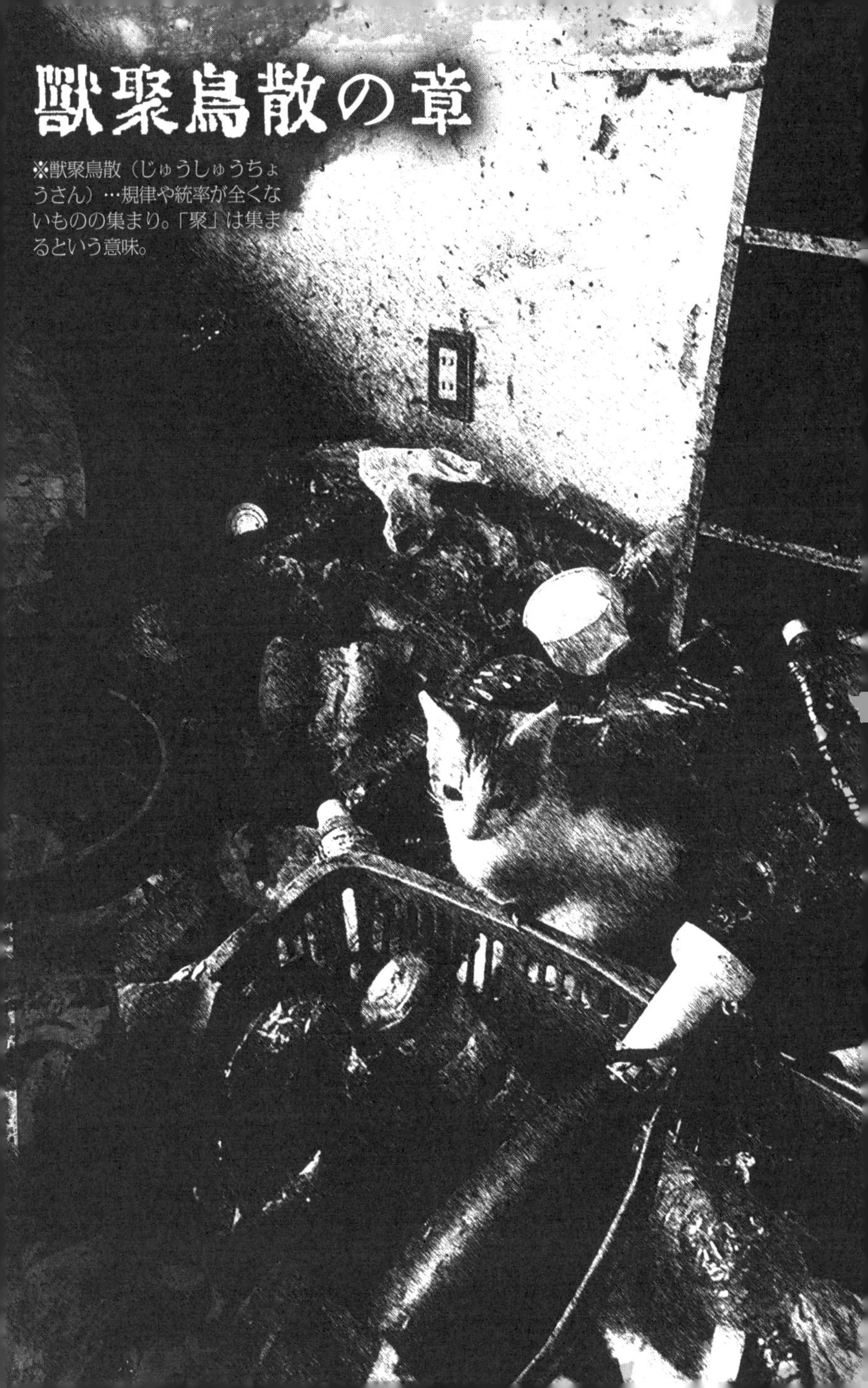

多頭飼い

俺が清掃員として働いていたゴミ屋敷や遺体の出た現場専門の清掃会社『まごのて』の社長に多頭飼育について話を伺った。

物件は田舎町の三階建てアパートの三階。

駐車場に車を停めた時点で、すでに悪臭が漂ってきた。部屋に近づくにつれ臭いはきつくなる。

ドアには、ひと昔前のサラ金の嫌がらせのように『掃除をしろ!!』『出ていけ!!』などの張り紙が貼られていた。おそらく辟易した近所の住人たちが貼ったのだろう。

家主とペットはまだ住んでおり、大家から退去を迫られていた。

家主は、老婆とその息子だった。

あまりにひどい環境に耐えられなくなった息子が、清掃を依頼してきた。

ドアを開けると無数の大きなハエが、わんわんと飛び回っている。口を開けているとハエが入ってくるので、手で口元を押さえながら話さなければならない。清掃をするために部屋に足を踏み入れると、ずぶりとスネのあたりまで埋まった。長年にわたりたまった糞が堆積していたのだ。

猫もまだいるらしいのだが、見当たらない。

ダイニングのクロークを開けてみると、その中にみっちりと猫が並んでいた。そしてコンセントの入っていない冷蔵庫の中にも同じく猫が詰まっていた。

家主に話を聞くと、最初は野良猫を拾ってきただけだったらしい。その後、猫が出産してどんどん増えていった。

3LDKの部屋に40匹の猫がいた。

糞を取り除くと、畳はブヨブヨに腐っている。幸いなことに猫は生きていたが、猫たちがもらわれる可能性は高くない。

結果的に殺処分される猫も出たと思う。

ペットを遺して、飼い主が自殺をするケースも少なくない。

自殺現場の清掃に行くと机の上に、

『すみません 死にます 猫ちゃんたのむ』

とマジックで書いてあった。

その部屋にはすでに猫はいなかった。しかし、多頭飼いをしていた形跡は見て取れた。おそらく全頭、殺処分されたのだろう。

老人の孤独死の現場では、猫や犬の死体も一緒に見つかる場合が多い。飼い主の横で寄り添って死んでいる犬を見ると、やり切れない哀しい気持ちになる。

多頭飼いは圧倒的に猫が多いが、犬の物件もある。
一年半住んだ汚部屋を掃除してほしいという依頼があった。
しかし写真を見ると、とても一年半で汚したとは思えない状況。荒れ放題で、10年は放置した部屋に見えた
現場に行くと、その部屋では八頭のダルメシアンが飼われていた。ダルメシアンは、黒のぶち模様が特徴の大型犬だ。最初はオスメスの二頭だったのだが、子供六頭を産んで合計八頭になっていた。

金持ちの大きな家だったが、食事以外の面倒は見ておらず部屋はボロボロだった。散歩もさせてもらえず、狭い部屋に閉じ込められたストレスで壁や床を引っ掻いたのだろう。ボロボロに剥がれていた。

ダルメシアンは体重30キロにもなる。尿や糞の量は人と変わらない。

八頭分となればすごい量だ。それが毎日床に垂れ流しになり、放置されていた。

床板は腐っていた。回復するのが不可能なレベルに家屋全体も傷んでいた。

結局、馬鹿な飼い主は最初の二頭以外の六頭を全部、保健所で殺処分したそうだ。


ブリーダーの家を掃除したこともある。

依頼人は老人男性だった。ずっとチワワを育ててきたそうだ。

異臭漂う部屋に50匹のチワワがいた。

ひどい状態だと思ったが、ブリーダー業界の中ではまだマシだという。もっとずっと状態の悪い部屋があるのだと聞いて、絶句してしまった。

部屋を掃除しても、チワワがいる限り本当の意味で部屋はきれいにならない。

「歳をとって身体が動かなくなったから、もうブリーダーは辞めたい。殺処分はしたくないから、欲しい人に譲りたい」

　と依頼人は言う。

　その内容をＳＮＳに投稿したところ、50匹中20匹に貰い手がついた。しかしそのブリーダーはその後も適当にチワワを飼っていたため、知らぬ間にチワワ同士が交尾してしまい20匹増えてしまった。近親相姦で生まれたため障害を持った犬も多い。見た目でも障害が分かる犬も多く、そういう犬は貰い手がつきづらい。内臓に障害があって、長くは生きられない個体も多い。

　おそらく今もあの暗い部屋の檻の中には、生まれて一度も外を歩いたことがない犬たちがいるのだろう。

　日本にはそういう不幸な状態に置かれた犬や猫がたくさんいる。

捨て猫

30代の女性に話を聞いた。

彼女は現在、東京に住んでいるが、生まれ育ちは岡山県の田舎だった。

田舎特有のだだっ広い平屋の一軒家に住んでいました。庭もとても広かったですが、とくに畑を作ったり花壇を作ったりはせず、放置してあるような状態でした。

いつの日からか、そこに猫が集まってくるようになりました。最初は勝手に集合しているだけでしたが、動物好きを公言している母が、

「かわいそうだから……」

と餌を撒くようになりました。庭の真ん中に、餌を置きっぱなしにしてある状態です。いつでも餌が食べられるのでドンドン猫が集まってきます。『ネコホイホイ』みたいな状態ですね。

もちろん飼っているわけではないので、去勢とかはしていません。野良猫の出会いの場に

なってしまい、猫の交尾のときのまるで赤ちゃんが泣くような声がしょっちゅう聞こえてきて気持ちが悪かったです。交尾の結果、うちの敷地内でどんどん子供が生まれました。床下から『ニーニー』と高い声が聞こえてきたと思って覗くと、何匹も子猫が生まれていました。

そんなとき、小学生だった私は母に頼まれごとをしました。

母は床下などで生まれた子猫たちを布袋に入れて私に手渡し、

「これ、川に流してきて」

布袋はゴソゴソと動いていました。

「え、やだ。川に流したら猫死んじゃうでしょ?」

「大丈夫、死なないよ。袋が船の代わりになるから。違う街まで流れ着いたら拾われて、新しい人が飼ってくれるから」

と説得されました。

私は『ニーニー』と切なげに鳴く袋を持って川に行くと、そっと水に流しました。もちろん桃太郎の桃のように流れていくはずもなく、沈んでいきました。

「誰かいい人に拾われてね……」

とお願いをして、急ぎ足で立ち去っていましたが、今思えばその猫が助かるわけはありません。

私は大人になって実家を離れました。

久しぶりに実家に帰ると、今でも庭の真ん中に餌が置いてありました。

「今でも川に流しているの？」

と母に聞くと、

「今は山に捨てに行ってる」

と答えました。

具体的にどう捨てているかを聞くのは止めましたが、玄関に無造作に置かれたシャベルが脳裏によぎりました。

動物の死骸

20代の女性から中学生時代の話を聞いた。

時夫（仮名）と私は同じ小学校に通っていたが面識はなかった。彼はとても裕福な家庭に育った子供で、エリートのお父さん、明るいお母さん、進学校に進んだ頭のいいお兄さんに囲まれてくらしていた。時夫も、背がスラリと高く、成績も運動神経もいい。

小学生にしてすでに彼女がいて、素晴らしく充実した小学生時代。

陰キャで、みんなから隠れるように生きていた私とは正反対だったから、知り合いになるとは思っていなかった。

中学に進学して、私はますます学校で上手くいかなくなってしまった。ぼっちでいる私に話しかけてくれたのは美月（仮名）だけだった。彼女の父親は暴力団の組員で、やっぱりクラスの中で浮いていた。美月と時夫は昔から仲よしで、自然に私と時夫もつるむようになった。

時夫はとても評判がいい生徒だったけれど、悪い噂もあった。

「あいつ万引きをしているぜ」

と、時夫の友だちから聞いた。一緒に盗んだこともあるという、その男いわく、

「小学校時代は火をつけるものを盗んでた。マッチとかライターとかチャッカマン。中学入ってからはカッターとかハサミとか刃物ばっか盗んでる」

それを聞いた美月は眉を潜めた。

「そういえば最近、あいついつも刃物持ってるよね。ポケットにカッターとか入れてる」

今思えば、随分剣呑な話だけど、当時の私は不思議と全然嫌だとか怖いとか思わなかった。

私はそのうち学校だけでなく、家でも上手くいかなくなってしまった。

「今日、家出しようと思うんだけど……」

と時夫に相談すると、

「俺もつき合うよ」

とどこか寂しげな笑顔で答えてくれた。

家出といっても中学生の私たちには、どこにも行く場所はなくて、近所の川沿いの土手でただひたすら時間を潰した。

当時、

「川沿いにホームレスが増えています。中にはレイプをするホームレスがいるから土手から帰るのはやめてください」

と学校で先生が注意していた。今思えば、たちの悪い差別的な噂話な気がするけど、生徒たちは真に受けていた。私たちはまさにその土手にいた。

「こんなところにいたら危ないのかな？」

と私が聞くと、

「もし襲われたら、殺せるから逆にいいよ。きっとバレずに殺せるよ。橋の下の暗い場所まで連れていけば、誰にも見えないよ」

と珍しく熱く語っていた。

時夫と仲よくなってきて、彼の内面が少し分かるようになってきた。

彼は誰に何を言われても表情に出ない。

端正な顔からは何も読み取れない。

でも時夫は本当は人に怒られるのが苦手だった。近くにいると表情に出なくても、心にダメージを負っているのが伝わってきた。

そしてダメージが溜まり、耐えきれなくなると吐き出すように悪事を働いてしまう。


仲良くなって一ヶ月くらい経った日。

彼は学校に来ていなかった。

生徒たちは急遽校庭に集められ、全校集会がはじまった。

「昨日、●●部の貴重品袋が盗まれました。中には所属している生徒たちの財布などが全部入っていました。もし何か知っている人がいたら教えてください」

私は話を聞いた途端、犯人は時夫だと分かった。聞き取り調査があり、彼と彼の友達二人を預かり所のあたりで見かけたという声が多数寄せられた。

そしてなにより、盗難があった翌日彼ら三人は学校をサボってゲームセンターで遊んでいたのだ。結局、彼らは白状しなかったし、財布も見つからなかったけど、状況的に彼らが犯人であるとされた。

時夫のお母さんが謝罪をして、お金も全員に返した。彼は何も言わなかったけれど、彼が家庭内でどんな立場になったのかは容易に想像できる。


私はあまり学校に行かなくなっていた。

やはりあまり学校に行かなくなった時夫と美月と三人でブラブラすることが多かった。

時折、時夫と一緒に財布を盗んだ二人も来ることがあったけど、二人とも粗暴で私は苦手だった。私は家出もしていて、美月の家に泊めてもらうことも多かった。


そのころから、私の行く先々で、死骸を見かけるようになった。

最初に見たそれは、美月の家の前の排水溝の上の金属プレートに置かれていた。

最初に見たときは、花束が落ちているのかと思った。白と赤の花束から、花びらが舞っているかのように見えた。


鶏の死骸だった。

近所の土手に建てられた小屋に飼われていた鶏だと思う。

近所の人が違法で建てた鶏舎で、朝にけたたましい音量で鳴くので近所の人からは疎まれていた。

美月は嫌悪の表情で死骸を見ながら、

「これ、人が殺してるよね？　不自然だもん」

と言った。

逃げ出した鶏が自動車に轢かれたのかと思ったが、よく見ると鶏の腹は裂かれているようだった。

そして美月の家からうちに帰る途中で、ぐちゃっと赤黒いモノが路上に落ちているのを見つけた。最初はネズミの死体かと思った。それくらいのサイズだった。でも近づくと、猫の頭だと分かった。首だけが切られて置かれていたのだ。

私は直視できずに家まで小走りで帰った。

「さっき猫の頭を見た」

母に報告すると、

「私も会社から帰る途中で猫の死骸を見たよ。最初は轢かれているのかと思ったけど、切り裂かれているみたいだった」

と母が返す。母が働いている会社は、家から歩いて五分の場所にある。つまり、家からすごく近い場所で、猫は死んでいたのだ。


その翌日。美月と土手を歩いていると、橋の下にカラスの死骸が落ちていた。

カラスはあからさまに人に殺されていた。

頭が置かれ、その下に無理矢理羽を広げられた身体が置かれ、バラバラになった足が置かれていた。

それからも行く先々で死体を見た。

近所の小学校で飼われていたウサギ、鳩、猫。切り裂かれているものもあれば、バラバラになっているものもあった。

時夫の二人の友人が楽しそうに話しているのを聞いた。

「痩せてる猫がいるなあと思って棒で突っついていたら、中身のない猫だった」

学校や親の間でも問題になっていたらしい。

ただ私は学校に行っていなかったし、親とも顔を合わせないようにしていたから、とくに心配もしていなかった。

ある日、時夫、美月の三人でいつもの土手に集まることになった。美月と二人で土手に行くと、猫の死骸があった。バラバラになっていた。バラバラになった頭、胴、手、足、尾は、生きているときのようにきちんと並べ直されていた。

美月は死体を見たあと、草むらに吐いた。

「もう……やだ!! なんで、こんな。ひどいのばっかり!! 信じられない……」

彼女は泣きながら家に帰っていった。

その日は、私も家に帰ることにした。

時夫を振り返ると、じっと立っていた。

彼はいつも通り、無表情だった。

翌日、猫の死骸があった土手沿いが火事になった。土手一面に生えていた枯れたススキに火がついて、土手一面が燃え上がった。

消防車が何台も来る大騒ぎになっていた。

鎮火にはかなりの時間がかかった。

近所だったし、心配にもなって現場にいくと、時夫が立っていた。なにしてるの？　と聞くと、珍しく無邪気な顔で笑って、

「火事があったっていうから来てみた。面白いじゃん。ちょっと火をつけただけで、みんな燃えてなくなっちゃうんだし。誰が燃やしたかも分からないしね」


時夫とはそのまま、土手で夜を明かした。

一旦家に帰ると、スマフォで美月に呼びだされた。昼頃に再び、土手に行く。

猫の死骸があった場所に美月は立っていた。

美月は燃えた地面をジッと見ていた。

そこには猫のバラバラ死骸があった場所。やはり真っ黒に燃えていた。

美月は私に向き直った。

「……猫を殺したのも、火をつけたのも、時夫だよね？」

「え？　なんで？」

ここまでの話を聞いていた人には不自然に感じるかもしれないが、このときの私は時夫をこれっぽっちも疑っていなかった。

家出をしたときに、ずっとつき合ってくれた。そんな恩もあった。近くにいすぎたから逆に疑えなかったのかもしれない。

美月は眉をひそめる。

「私は、あんたが時夫と仲いいから言わなかったんだけどね。うちに、あんたと時夫が遊びに来たことがあったでしょ。うちの猫って懐かないから、時夫のこと引っ掻いたの」

そのことは私も覚えていた。

時夫は引っかかれた指を舐めていた。

「夜中に目を開けたら、時夫が猫の首を締めてた。そしたら猫がギャアってすごく大きな声で鳴いて。それでヤバいって思ったのか手を離した。私は見ていたことが時夫にバレたらヤバいって思って、寝たふりをしたの。だから私はアイツがやったと思っている」

そう言われて、行動を思い返してみる。

一緒に家出をしたとき。

私が土手で寝ているとき、いつの間にか時夫がどこかを散歩していたことがあった。

ひょっとしたら、そのときに動物を殺していたのかもしれない。

私は、自分の鈍さがとても嫌になった。

ただ、それでも時夫のことは嫌いになれなかった。


そして時夫は失踪してしまった。

何日も学校にも来ていないし、家にも帰っていない。


「絶対、時夫はあんたん家に来るよ」

美月はそう言う。私が黙っていると、

「もし来たら、いつも集まってる土手に時夫を連れてきて」

強い口調で念を押された。

私は正直、時夫が自分の家に来るとは思っていなかった。私は時夫を頼りにしていたけれど、時夫が私を頼りにはしていないと思ったからだ。

しかし数日後、美月の言う通り時夫は私の家に来た。

夕方にチャイムが鳴って、玄関を開けると彼は体育座りで座っていた。顔を上げると、笑顔だけれど、疲労の限界といった感じだった。着替えていないのだろう、全体的に薄汚れていた。


「どうしたの？」

「行く場所がないから来た」

「うちのお母さんも、あなたを家には入れてくれないよ」

「それは分かってるよ」

「……一緒に家出したいの？」

「……してくれるなら」

私たちは二人で黙って歩いた。

歩きながら私は、時夫に見えないように美月に、

「時夫が来た、行く」

と短いメールをした。

いつもの土手に着くと、美月と友達二人が待っていた。チラリと時夫を見ると、動じてはいなかった。予見していたのかもしれない。

美月たちは、時夫を責めた。言葉だけでは飽き足らず、美月はビンタをした。

時夫は泣き出した。

小さい子供のように泣く時夫を、私は見ていられなかった。


私が時夫に会ったのはそれが最後だった。

時夫の友達二人はいかにも楽しげに、

「あいつ、結局少年院入ったんだぜ。盗み癖も治らないし、もうどうしようもないって。ついにって感じだよ」

と話していた。

時夫がいなくなってから、私の身の回りで動物の死骸を見ることはなくなった。

しかし、もし、ふたたび私の周りに死骸が現れたなら、ひょっとしたら時夫が戻ってきた証なのかもしれない。

散歩する犬

30代の女性から話を聞いた。


私が小学生のころの話です。

毎日、犬を散歩させているお爺さんがいました。60代後半~70代くらいだったと思うのですが、いつも機嫌が悪く、犬に向かって怒鳴り声を上げていました。

そしてことあるごとに犬をバシバシと棒で叩いたり、犬の脇腹を蹴っ飛ばしたりしていました。犬はいつも怪我をしていて、怯えた目をしていました。

そして時々、犬が変わりました。

おそらく、殴りすぎて殺してしまったんだと思います。保護犬をもらっていたのか、新しい犬は決まって最初から大きい犬でした。

犬が変わってもお爺さんの対応は変わらず、怒鳴り散らかし、殴っていました。

小学生の私は、小学生らしいまっすぐな正義感を持っていて、お爺さんに対して憤慨していました。

ある日、いつものようにお爺さんが犬を叩いているのを見てたまらなくなり、お爺さんに、

「犬をいじめるのをやめて!! 叩かないで!!」

と犬をかばいながら訴えました。

お爺さんは憤怒の表情になり、

「このガキが!! 躾がなってない!!」

と怒鳴りながら、犬と同じように棒で私を打ち据えました。通行人に止められて大事にはいたりませんでしたが、その後も誰もお爺さんの犬イジメを止められませんでした。

しばらくして、私は家族の都合で引っ越しました。

大人になり、事故物件サイト大島てるをなんの気なしに見ていると、小学生時代住んでいた街が出てきました。するとお爺さんの家に炎マークがついていたんです。

「……事故物件になってる」

その炎をクリックすると、事件の全容が表示されました。

私が街を離れた数年後、そのお爺さんは妻を殴り殺していました。

動物への虐待が人間にも向いてしまったのか、奥さんへの暴力が犬にも行われていたのか……。いずれにせよ、あのとき私が犬への暴力をやめさせていれば、事件は起こらなかったのでは？　そんな考えが脳裏をよぎりました。そして、うっすらと幸薄そうだったお婆さんの表情が頭に浮かび、強く無力感を感じました。

少女漫画家からの荷物

少女漫画業界で長年働いていたという人物にお話を伺った。

少女漫画業界って、正直かなり捻じれた奇妙な世界なんですよ。特に恋愛関係はドロドロとしてます。

男の漫画家だって売れるのはとても難しいけど、一旦売れてしまったら有名になるしお金が入ってくるし、それで取り敢えずモテるようになるじゃないですか。よしんばモテなくても、キャバクラに行ったり風俗に行ったりして鬱憤は晴らせます。

でも少女漫画を描いている女たちはそんな感じではないんですよ。ほとんどの女が、10代の早い段階から家にこもって漫画だけを描いてます。そういう女はもちろん男にはモテないですし、恋愛なんかしてる時間もないですから、なんの経験もないまま漫画家になります。身体は大人でも、恋愛の経験値は……いや人間としての経験値がほとんどないんです。

運よくプロの漫画家になると、担当編集者がつくんですが、男性の編集者もたくさんいます。編集者は漫画家に寄り添って、一緒になって漫画を作ります。もちろんそれは『よりよい漫画を作るため』なんですが、恋愛経験の少ない少女漫画家は『親身なのは恋愛感情があるから』と勘違いしやすいです。

もっと言うなら『恋愛感情を利用して漫画家を操作する編集者』も少なからずいます。少女漫画家は、こだわりが強い、融通が利かない人間が多いですから、恋愛感情を利用する気持ちは分からないではないです。

そのまま本当に恋愛関係になり、肉体関係になった場合『お手つき』と呼ばれます。

『お手つきになったら結婚しなければならない』

というルールがある編集部もあります。

前時代的な考え方ですよね。

某雑誌で連載している栄子（仮名）と美子（仮名）という二人の少女漫画家さんがいました。二人とも吉田（仮名）という担当編集者がついていました。

栄子と美子は二人とも未成年の頃から漫画家をしていて、恋愛経験値の低いタイプでした。

吉田は、取り立てて美男子というわけではないですが、優しい雰囲気で二人とも淡い恋心を抱いていました。

まず、栄子と吉田が深い仲になりました。

栄子は美子を出し抜いて、恋人同士になれたわけですが、それで心の平安を得られたわけではありませんでした。

編集者は忙しく、何人も担当を抱えてますから、毎日家に来られるわけではありません。

「家に来ないとき、彼は浮気をしているのではないか？」

そう疑うようになりました。

それがどんどん酷くなっていき、

「彼の浮気相手は美子に違いない」

と思うようになりました。

さらに匿名掲示板などで、栄子が描いている漫画に対するアンチコメントを見て、また自宅にたびたびかかってくるイタズラ電話を受け取ったとき、犯人は美子だと思いこむようになりました。そうなるとますます心は蝕まれていきます。

そんな状態でいい漫画が描けるはずもなく、栄子の漫画は打ち切りになりました。

そのタイミングで美子が吉田と結婚すると発表されました。

美子は妊娠していたんです。

栄子の勘は、悪い方向に当たっていたということになります。

心を病んでいた栄子は、編集部に嫌がらせの電話を執拗にかけたり、クレームをつけたりするようになりました。

編集部は最初は穏便にすませようとしていましたが、栄子の行動はますます悪化の一途をたどり、ついに出入り禁止の措置がとられました。

さすがにそれが効いたのか、栄子は一旦大人しくなりました。


それからしばらくしたあと、編集部に送り主不明の大きな箱が届きました。

ズシリと重たい箱は少し異臭を放っていました。編集者が恐る恐る箱を開けてみると……中には血まみれのペルシャ猫の死体が入っていました。

目と口を大きく見開いたままの顔は恐ろしく、そして身体はグニャリと変な形に曲がっていました。編集部はパニック状態です。

そのとき、たまたま編集部には椎子（仮名）という若手の漫画家が仕事で来ていました。

椎子は栄子の漫画のアシスタントをしており、そのペルシャ猫の死体は栄子が飼っていた猫だと一発で分かりました。

「栄子さんは本当に病んでいましたから。栄子さんの漫画連載打ち切り、美子さんと吉田の結婚、そして美子さんの妊娠と重なって怒りが爆発してしまったんじゃないでしょうか？　それで怒りにまかせて身近にいた飼い猫を引っ掴み、壁に投げつけて殺したんだと思います。確証はありませんが、猫の死体からはそんな出来事があったように見えました。ひょっとしたら、栄子さんは『猫もあなたたちのせいで死んだ‼』なんて思っていたのかもしれません」

そう椎子は話していました。

この事件があってもう何年も経っているのですが、編集部では都市伝説のように語り継がれているそうです。

潰れた金魚

一緒に樹海に行くKさんが、SM業界で働く女性から樹海を散策しながら聞いた話。

SMバーで女王様をしたり、M性感のお店で働いたりと、SM関連のお店で働いているんですが、そのときはデリバリーヘルススタイルのSM風俗で働いていました。

ある日、指定されたラブホテルに行くと、サラリーマン風の中年男性がいました。普通の風俗だと、やることは大体決まっているのですが、SM系ですと人それぞれ幅があります。女王様といっても、好き勝手に責めていいわけではありません。『SMのSはサービスのS』と言われるくらいなので、まずは客の要望を聞きます。

どろんと淀んだ目をしている男性は、

「僕、昔から願望があって。女王様に踏みつけられて、殺されたいっていう願望があるんです……」

と話してきました。もちろん殺すことはできません。

「あの……。もしよかったら目の前でハムスターを踏み潰して殺して欲しいんです……」

その瞬間、瞳の中に光が灯り懇願してきました。

そこそこ高い金額を提示してきましたが、ハムスターを踏み潰すなんていくらもらっても絶対に嫌です。断ると、

「それなら、せめて金魚でも……。目の前で金魚を踏み潰してください!!」

またしても懇願されました。

もちろん金魚だって踏み殺したくはなかったですが、あんまりにもねだられたので渋々了承しました。

カバンの中には水筒が入っていて、その中には生きた金魚が入っていました。カバンの中からはゴソゴソと音がしていたので、おそらくハムスターも入れていたと思います。

金魚を床に置くと、ピチピチと跳ねました。ピンヒールの踵で踏むと、ミチミチと生物の組織が壊されていく感触が伝わってきて……あまりいい気分ではありませんでした。

その男はその様子を見ながら、自分の性器を懸命にしごいていました。

なんだかムカムカと腹が立ってきて、

「人に無駄な殺生をさせて、自分だけは快感を得るなんて許せない。せめて潰した金魚を食

え‼　食って弔え‼」

思わず命令しました。

その男は平面になった金魚を床からはいで口に入れました。しばらく咀嚼すると、気持ち悪くなったのでしょう。耐えきれなくなって吐きました。

後日、その男がまた指名してきました。

室内に入ると、恨みがましい目でこちらを見てきました。

「あなたが無理やり金魚を食べさせたから、あれ以来、生魚が食べられなくなりましたよ」

そして、ひくっと笑う。

「でもあのときの光景や生魚の内臓の臭さを思い出して、毎日オナニーしています」


店が変わったタイミングで縁が切れましたが、いつか見つけられて変な依頼をしてくるんじゃないだろうか？　と気持ち悪く思っています。

たぶん今でも、スーパーの鮮魚コーナーの臭いを嗅いで、涙ぐみながら勃起しているんじゃないでしょうか？

鼠捕り

30代の女性が10代のころにつき合っていた彼氏の話をしてくれた。


当時は年上が好きだったんです。

ツテをたどって10歳くらい上の男性を紹介してもらいました。ほっそりした体格で、顔も嫌いじゃない。でもそれ以上に惹かれたのが、お金持ちだったことでした。本人も仕事でそれなりに稼いでいたし、実家も資産家。住んでいるのも持ち家の一軒家でした。

ただ、かなり古い家でした。

家に入ると古い家屋独特の臭いがしたし、部屋がゴミ屋敷になってるわけじゃなかったけど、パラパラと黒い粒がたくさん落ちているのが気になりました。

「一回、ハウスクリーニングの業者に頼んで、しっかり掃除してもらったほうがいいよ」

私の提案は、

「まあ、そのうち」

と気のない返事が返ってくるだけ。

それでも、そのまま家に通うようになって、半同棲状態になりました。

黒い粒は、生乾きのものもあって、何かの糞かもしれないと思うようになりました。

そしてそのうち、ポッポッとおかしいなと思うことが増えてきました。お風呂に置いてあった石鹸に小さい歯型がついて齧られていたり、セックスが終わったあとに拭いたティッシュがテレビの後ろから見つかったり。

薄々、古い家に潜むモノの正体が分かってきたころ、たまたまバッチリと目が合いました。そうドブネズミです。見たことのないくらい、コロコロと太ったドブネズミでした。私はハムスターとかハツカネズミとかしか見たことがなかったので、小さい猫くらいのサイズがあるネズミに正直ビビりました。

ホームセンターでネズミ捕りを買ってきて、いくつか罠をかけたんですけど、頭がよくて引っかかりません。そんな状況でも何もしようとしない彼氏に腹が立って彼を責めました。

「部屋にドブネズミがいるのは耐えられないからなんとかして。すぐになんとかしてくれないともう来ないから」

すると彼氏は、一番ネズミを目にする階段に強力な両面テープを貼りはじめました。正直、ネズミ用の罠に全然引っかからなかったのに、こんな稚拙な罠で捕まえられるのかな？　と疑問でした。

私は両面テープを仕掛けるのを見届けたあと、昼の仕事にでかけました。

夜に帰ってくると家の外なのに、

「ヂューヂューヂュー」

というネズミの鳴き声が聞こえてきました。
一、二匹ではないのが分かって、家に入るのに躊躇しました。
恐る恐る玄関を開けると、ちょうど廊下に彼氏が佇んでいて振り返りました。

「ものすげえ沢山捕まったよ」

報告してきた彼の不気味な薄笑いに少し恐怖を感じながら、恐る恐る階段を覗きました。

すると、15匹ほどのネズミが両面テープにへばりついて苦しそうに鳴き声を上げているんです。暴れたのか、手や足の指が取れてるネズミもいました。

「これ……どうするの？」

「まあ……なんとかするしかないよな～」

彼はちょっと上機嫌になって一匹一匹を剥がすと、厚手の袋に入れていきました。ネズミたちの鳴き声はますます大きくなります。

そして彼氏は袋を閉じると、膝をグイと押しつけてネズミを潰しはじめました。

パキパキと骨が折れる音と、ネズミの断末魔が廊下に響き、数分後には鳴き声はしなくなりました。


「これ……燃えるゴミで大丈夫なのかな？」

「……大丈夫……なんじゃない？」

私は答えながらも内心、

「こんな奴とはすぐに別れなくては」

と思いました。ただ、それから二年くらいつき合いました。

別れたのは、ネズミを殺したのが原因ではなく、彼の浮気が発覚したのが原因でした。

それからは一切縁を断っていたのですが、一年後に彼のお母さんから電話がありました。

つき合っているときに何度か会ったことのあるお母さんから、

「うちの子死んだのよ。最後まであなたのことが好きだったみたいだから来てあげて」

と言われました。

聞けば早朝にビルに登って飛び降りたそうです。遺書はなかったそうですが、状況から見て自殺に間違いはなかったようです。

仏壇にお線香をあげたあと、

「なんで遺書もなかったのに、私のことが好きだと思ったんですか？」

と聞くと、お母さんは黙って彼の部屋へ私を案内しました。

小綺麗に整理整頓された彼の実家の自室の壁には、おびただしい数の私の写真が貼ってありました。そのほとんどはいつの間にか撮られた盗撮写真でした。

つまり別れたあとに、彼は私のストーカーになっていたのです。

「写真がいっぱいあったから、まだあなたのこと好きだったんだなと思って。知らせないとと思ったのよ」

お母さんは寂しそうな笑顔で私に伝えました。私はどう答えていいか分からず俯きました。

彼の部屋の床には、いくつか黒い粒が落ちていました。

そのとき、ネズミを膝で潰すパキパキという音と、ネズミの断末魔のヂューヂューという声が脳内に響きわたりました。

自称動物好き

40代の女性に話を聞いた。


私の周りにはなぜか自称愛犬家、愛猫家、愛鳥家がたくさんいました。確かに動物を好きなのは本当だと思うんですけど、どこか変な人が多かったんです。

まず、母が愛猫家でした。ずっと猫を飼っていて、猫の遺骨を花瓶に入れて持ち歩いていました。まずそれもちょっと変だと思うんですが、

「私が死んだら猫の骨も合祀しなさい!!　私の骨を割って、すり潰して猫の骨と混ぜて!!」

なんてことを真顔で私に言ってくるのが一番怖かったです。

彼女の変なところはそれだけにとどまらず、こんなこともありました。

母は歳を取っても二匹の猫を飼っていたのですが、癌になり抗がん剤を投与しているときにさらに猫を二匹飼いました。

私が、そんな状態なのに飼って、もしものことがあったら引き取り手はいるの？　と聞く

と、

「あなただって自分が死んだときに、息子を引き取る里親は決めてるの？　私には猫の里親候補はたくさんいるわ!!　自分のことを心配しなさい!!」

と暴言を吐かれます。

母が死んだあと、結局引き取り手はなく、仕方なく姉が飼うことになりました。

姉もその後、すぐに癌になってしまい死にました。私は姉とは仲が悪く交流がなかったので、その後の猫がどうなったのかは聞いていません。おそらく保健所で処分したのではないかと思っています。

以前働いていた会社の社長も多頭飼いをする人でした。

マンションのベランダに大きなケージを作り、１００羽以上の様々な鳥を飼っていました。同じ種類ではなく、様々な種の鳥です。毎朝、床には寿命が短い小鳥が死んでいるのを片づけるのが日課だそうです。アフリカの肉食の鳥を飼っていたこともあり、そのときは弱い鳥が食べられて数を減らしたこともあったみたいです。

社長は愛犬家でもあり、犬も飼っていました。

彼はかなりメンヘラで浮き沈みの激しい性格でした。周りの人間がかまっていないとすぐに怒り、怒鳴り散らします。

社員にはたびたび給料の遅延が発生するような会社でしたが、犬には豪華な肉を食べさせたりしていました。だから犬としては贅沢な暮らしをしていたんですが、犬にも社長のメンヘラが移ってしまったようでした。

「うちの犬、自殺未遂するんだよ」

散歩をしているとわざと自動車にぶつかっていったり、ビルから飛び降りようとしたり。スコットランドには60年の間に600匹の犬が飛び降りて死んだ自殺橋があるそうですけど。社長のところの犬はメンヘラらしく結局死なずに、今も鬱々と生きているみたいです。

SNSで、60代のおばさんのアカウントから、

「拡散してください」

というお願いがきたことがありました。

殺処分される犬がいて、その犬を引き取ってくれる人を探していました。かわいそうだと思ったので、拡散に協力しました。すると、私の九州に住む知り合いが引き取ると言ってく

れたんです。九州だったので、空輸でお願いしますと。しかし、そのおばさんはＳＮＳで、「愛犬家を名乗るくせに『空輸でお願い』などという不届き者がいました!!　愛犬家なのに２００６年に起きた事故を知らないとは!!」

唐突にバッシングをはじめました。２００６年に空輸されたペットが亡くなってしまった事件があったらしいのですが、とはいえ空輸じゃなく九州まで運ぶのは大変です。

「善意で名乗り出たのに、叩かれる筋合いはない」

と知り合いは引き取るのをやめました。

その後も、候補者は現れたのですが、

「庭がない家に住む人には渡せない」

「すでに複数の犬を飼っている人は虐待目的の可能性があるから渡せない」

などキャンセルをしまくったため、

「だったら自分で飼えばいいじゃないですか」

などのバッシングが起きました。炎上気味になり、売り言葉に買い言葉で、

「ろくな飼い主が現れないので、私が引き取ります!!」

とそのおばさん自身が引き取ることに。

他の人にいちゃもんをつけるくらいだから飼育環境は整っていると思いきや、生活保護を受給しているおばさんでした。

そしてすでに四匹の犬を多頭飼いしていました。

「私は犬が殺処分されていると思うと、それだけで眠れなくなるんです。何日も一睡もしていません。涙がとめどなく溢れてきます」

おばさんはそう主張します。なので、

「眠れていないのは精神病の可能性があるので、病院に行ったほうがいいです」

と勧めました。

病院に行くと、統合失調症により睡眠障害だと診断されたそうです。治療を受けたあとは眠れるようになったそうです。

ただ眠れるようになったあとは犬の世話をしなくなり、引き取った犬もそもそも飼っていた犬もすべて餓死したそうです。

痩せている理由

20代の女性に話を聞いた。


私は当時大学生で、話をするようになった同級生の女性がいました。

いつ会っても、彼女の目は死んでいました。気力がないというか、体力がない、エネルギーが足りていないようでした。

もともとすごく痩せていたのですが、会うたびにさらに痩せていきました。

彼女からは、家族の愚痴を聞かされることが多かったです。

彼女は、お父さん、お母さん、父方のお婆ちゃん、双子の姉の四人と住んでいました。お婆ちゃんの、お母さんに対する嫌がらせがすごかったそうです。嫁姑問題で片づけられるレベルのイジメではなかったそうです。

長年のストレスに耐えかねたお母さんは、お婆さんの食事に少しずつ毒を混ぜるようになりました。毒といっても、食器用の洗剤などで、急死するようなものではありません。お婆ちゃんは病気にもならなかったそうです。

さすがに本当に死んでしまう毒は混ぜられなかったのかもしれません。そのうちお母さんはイジメに耐えきれなくなって、家を出てしまいました。

お母さんが去ったあとの自宅は、彼女にとって決して居心地のいい場所ではありませんでした。

彼女のお父さんも、かなり厄介な人で、パチンコと病院に通うのが趣味の人でした。とにかく有り金はすぐに使い果たしてしまいます。

夜中に彼女の部屋のドアをドンドンと叩き、

「金をくれ!!」

とせびることも度々ありました。

彼女が大学へ進学するための奨学金にも手を出されたそうです。

「おばあちゃんの私に対するイジメもヤバいんだよね。お姉ちゃんにはめちゃくちゃ甘いんだけど、私には超厳しいの」

彼女はつらそうにそう吐き出しました。

双子といっても二人はあまり似ていなかった印象です。お婆ちゃんはお姉ちゃんにお金をあげたり、プレゼントをあげたりするのに、彼女に対しては無視。何かあるたびに、嫌味や悪口を言うのだそうです。

彼女が何か買ってきても、勝手に捨てられてしまう。食べ物を買ってきても捨てられるし、教科書やカバンなども捨てられる。挙句の果てにシャンプーやリンスまで捨てられて、彼女はこっそりお姉ちゃんのを使って髪を洗っていたそうです。

でも可愛がられているはずのお姉ちゃんも結構病んでいて、オーバードーズしたり、彼氏とリスカしまくったりして、危うい感じでした。

その家は家族全員が病んでいました。

「お婆ちゃんやお父さんに言われたことは全部忘れるようにしてる。記憶は消せばいい」

彼女は口癖のように言ってました。

でも続けて、

「でも記憶を消しても『嫌だ』っていう気持ちだけ残るのが辛い。理由もなく、辛さだけが溜まっていっちゃう」

と泣きながら呟いていました。

そんな家に耐えきれなくなって家出して、ひとり暮らししているお母さんの家に転がり込んだこともあったそうなんですが、しばらくは優しくても、

「悪いけど、もう一緒に住むのはしんどいから出ていってくれる?」

とやんわり追い出されたそうです。

彼女が家に帰るのは、もちろん行く場所が他にないからですが、もうひとつの理由は彼女が犬を飼っていたからです。

雑種の大型犬でした。耳が茶色で垂れているのが特徴でした。

お婆ちゃんもその犬には餌をあげていました。ただそれは可愛がっているわけではなく、実は乾燥剤や防虫剤を混ぜて食べさせていたんです。普通、犬なら臭いで気づきそうですけど、その犬は頓着せず食べて、それでいて体調も崩しませんでした。

なぜそのことを知ったかというと、本人から伝えられたからでした。

いつも彼女は無視されて、空気のように扱われるのですが、その日はお婆ちゃんはニコニ

コと彼女に話しかけてきました。

「あんたの犬、毒を入れても全然死なないんだよね。飼い主に似て鈍感なのかね？」

彼女は、お母さんがお婆ちゃんの食事に毒を混ぜていたのを思い出しました。

「お婆ちゃんも多分ご飯に何かを混ぜられているのを知ってたと思う。それでお母さんを恨んでいたのかもしれない。私に意趣返ししているのではないだろうか？」

辛そうに彼女は語りましたが、彼女が可愛がっている動物に毒を盛って苦しめているお婆ちゃんは楽しかったはずです。

「お婆ちゃんが犬に毒を混ぜてるのを知ってから、お婆ちゃんの作る物、一切食べられなくなったんだよね。普段は全然話しかけてこないんだけど、たまに『お食べ、お食べ』って機嫌よく笑いながら手作りのご飯を勧めてくることあるんだ。絶対毒が入ってるよね？　そんなご飯喉を通らないよ。ああ……このままでは、私も殺されちゃう」

お婆ちゃんの料理が食べられないからといって、自分で買ったご飯はお婆ちゃんに全部捨てられてしまう。

お金は父親に無心されてるから、自由になるお金はわずかしかない。

彼女とはそのあたりであまり会わなくなってしまったのですが、たまに学校で見かける彼女はますます痩せていました。

痩せすぎて落ち窪んだ眼窩の中にある、妙にギョロギョロとした瞳で、疑心暗鬼に周りを睨んでいました。

放置蜥蜴

30代の女性に話を聞いた。

私の母は、爬虫類が大嫌いだった。

女性で爬虫類嫌いな人は多いが、テレビに映っているのでさえ見たくないし、家の窓にヤモリが這っているのが見えただけで叫び声を上げるような人だった。

母は父と離婚してから、様々な彼氏とつき合った。私には分からなかったが、男から見るとどこか魅力的なのか男が途切れない人だった。そして新しい男とつき合うと、趣味がまったく変わる人だった。これがいわゆる女子力が高いということだろうか。

母が72歳のときに新たにつき合い出した62歳の男性は、爬虫類を飼うのが趣味だった。フトアゴヒゲトカゲというオーストラリア原産の体長40〜50センチほどある大型のトカゲを10匹以上飼っていた。

「トカゲって可愛い〜!!」

爬虫類が嫌いなはずの母がそう言い出した。絶滅を願うほど嫌いだったのを忘れてしまったかのように。驚くべきことに、一番お気に入りだという個体を抱きかかえ、

「ロゼちゃん可愛い!!」

と写真をSNSに投稿していた。

フトアゴヒゲトカゲの餌は、人工で繁殖させたゴキブリだ。母はもちろんゴキブリも大嫌いだったが、

「餌のゴキブリも可愛い!!」

と言い出す始末。

そんな折、母の彼氏が体長を崩してしまった。昆虫のアレルギーが出たらしい。つまり餌としていたゴキブリのアレルギーだ。彼は面倒を見ることができなくなり、フトアゴヒゲトカゲ10匹は母の自宅に移された。

私はとても嫌な予感がした。母は昔からなにかの面倒を見られたことがない。

なぜか分からないが、植物も枯らしてしまうし、子猫を拾ってきたときもすぐに死なせてしまった。

犬も拾ってきたあとに面倒を見きれなくなったのか、保健所に連れていってしまった。そ

のくせ、

「犬が死んじゃった」

と子どものように泣いていたのを見たときは、この人は頭がおかしいのだと感じたものだ。

私はずいぶん前に家を出て、母とは別居していたのでフトアゴヒゲトカゲの面倒を見てあげることもできなかった。

いつしかSNSにトカゲの写真を上げることもなくなったので『どうしたの？』と様子を伺うメールを送る。

「なんだかわからないけど、死んじゃったの～」

返事が帰ってきた。トカゲを移送させたあとも、母は彼氏の家に入り浸り、なかなか家に帰らなくなっていたらしい。そうなると餌もあげられない、水もあげられない。しばらくは面倒を見るために帰ったりもしていたらしいが、段々と放置するようになった。放置しても、気にならない性質なのだ。いや、それどころか放置していたことも忘れてしまう。

後日、

「ロゼちゃんも死んじゃったの？」

とトカゲの名前を出して聞くと、

「え？　ロゼ？　なにそれ、知らな～い」

と甘ったれた女の子のような口調で答える。

そのときは彼氏もいたので、

「ほら、あの、口の中がピンクな子だよ。君が可愛がっていた……」

と説明したり、写真を見せたりしたのだが、母は頭の上に『?』が浮かんでる顔でニコニコと笑っていた。もう、フトアゴヒゲトカゲという動物自体があまり思い出せなくなっているようだ。

自分の母親ながら改めて恐ろしくなった。

結局、彼氏はトカゲと離れたものの体調は完全にはよくならなかった。日がな家で静養しており、母はそれを看病するような立場になっている。

「動物は仕方ないけど、人間は殺さないでよ」

と母に言うと、

「勝手に死ぬだけで一度も殺したことないわよ」

と言われた。

とりあえず、今はまだ彼氏は生きている。

人面獣心の章

※人面獣心（じんめんじゅうしん）…非情で残酷な人のたとえ。

麻薬王の悪ふざけ

●丸山ゴンザレス

世界中のスラム街や犯罪多発地帯を渡り歩く危険地帯ジャーナリストの丸山ゴンザレスさんに話を伺った。

かつてコロンビアにパブロ・エスコバルという男がいた。メデジン・カルテルの創設者であり、麻薬王と呼ばれた男だ。コカインをアメリカに密輸して稼ぎまくり、当時の額で300億ドルを蓄えたといわれている。うなるほど金があった彼らは、莫大な土地も持っていて、政府非公認で空港を作って運用したりしていた。それでそこに動物園を作った。まあ、悪ふざけって感じだ。世界中から多くの動物が輸入された。その中に四匹のカバもいた。

1993年12月2日、パブロは逃亡生活中に警官に追い詰められて撃ち殺された。パブロが管理していた場所は、無法地帯になった。

動物園も管理がされなくなり、多くの動物はもともといた環境ではないので適応できずに死んでいった。

しかし、コロンビアの土地でバッチリと適応できた動物がいた。それがカバだ。カバはそもそも近親交配に強い種であり、天敵もいない地で一気に増えた。確認されているだけで300匹以上いるといわれている。

俺はどうしてもこのカバを見たいと思った。

実際にカバの生息地まで足を運んだ。しかし地元の人に聞いても、

「どこにいるか分からない」

と言われてしまう。

「見たことないよ」

「わからないけど、川の上流にいるんじゃない？」

みんな適当だった。そもそも興味がない。取材は頓挫しかかった。

ただ、コロンビアまで行ったのに取材できずに帰国するのは嫌だったので、さらにいろいろな方面に声を掛けると、やっと環境保護団体の学者さんが取材協力してくれることになった。

合流した学者は引き締まった身体をした、かっこいいお兄さんだった。さっそくカバを見

に行くことになったのだが、その前に真剣な顔で忠告された。

「彼らはとても音に敏感だ。音がする方に向かって突撃してくる。あいつらは軽トラ並みの巨体で時速30~40キロで走る。狙われたら人間の足ではまず逃げられない。踏み潰されて死ぬ。やつらは肉食ではないが、噛んで遊ぶ。あの口でハミハミされても死ぬ」

俺もさすがに青ざめた。

蛇行した川を進み、流れがゆっくりした場所に連れていかれた。途中からは有刺鉄線が張られ、一般の人はたどり着けないようになっている物騒な私有地に入る。

かなりきつい土手があり、そこに水たまりがあった。水たまりといっても泥だ。

「あそこにカバがいたんだよ。その先にいる。水面から顔を出してる」

少しでも近づきたいと思い、ジリジリと進んでいく。そのとき、学者が最後の警告をしてきた。

「あいつらは躊躇とかしない。一旦追いかけてきたら、それからはあいつらの気分次第だ。どこまで逃げたら大丈夫みたいのはない。有刺鉄線なんか関係なく追いかけてくる。街での目撃例もある。とにかく追いかけてこなくなるまで逃げろ」

俺は膝を怪我していた。

足を怪我してるんだけど？　と学者に伝えると彼は真顔で、

「ありがとう。君が犠牲になってくれれば僕たちは助かる」

進むとカバの糞が落ちている。完全にカバのテリトリーだ。

結局遠目にカバを見て帰還することになった。それが限界だった。カバを一目見るだけでこれだけの苦労をするんだと驚いた。


動物愛護団体は罠を使ってカバを捕獲して、避妊手術をしているという。ただ、警戒心が強くてなかなか捕まえることができない。

実際には全然上手くいっていない状況だ。

「コロンビアのカバはアフリカに次ぐ群れの規模になっています。カバは環境を変える力があります。このままいけば絶滅する動物も発生するだろうし、人間の生活環境にも影響が出てくるかもしれない。あなたたち日本のテレビ番組なんですよね？　日本の動物園でも、金持ちでもいいから、一頭でもカバを引き取ってほしい」

と真剣な顔で訴えられた。

俺は、様々な犯罪者を取材してきたが、地球の環境に影響を与えた犯罪者はあまりいない。

犯罪者のちょっとした思いつき、趣味によってこんな恐ろしいことが起こるのかと驚きを隠せなかった。

対岸の正義

●丸山ゴンザレス

危険地帯ジャーナリストの丸山ゴンザレスさんにさらにお話を伺う。

2011年3月11日に起きた東日本大震災。

それに伴う津波により東京電力の福島第一原子力発電所で深刻な事故が起きた。

俺は携行缶にガソリンを詰めて自動車に乗せ、福島へ向かった。俺は出身が宮城だから、福島近辺にも親戚がいた。

「連絡のつかない親戚の家を回ってほしい」

と頼まれて向かったが、津波で全部流されていた。そのときは分からなかったが、連絡のつかなかった人たちは亡くなっていた。

俺は取材のために福島に向かった。

被害を受けている建物をずっと見続けた。

ふと、厩舎が目についた。ひどい被害は受けていないようだったが、馬たちはどうしているのかが気になった。

中に入ってみると馬たちは横になっている。寝ているものだと思って近づくと、異臭が鼻をついた。死んでいた。

まだ生きている馬もいたのだが、あからさまにおかしくなっていた。餌が置かれていたのであろうバケツに顔を向けて食べているような仕草をしているのだが、すでに餌はない。つまりエアで餌を食べるふりをしている。餌は放置されていたから、バケツのところに持っていったのだが、食べなかった。馬は神経が細い、優しい生き物だから知らない人間からの食べ物は受け入れないと聞いた。

壁にゴツンゴツンと激しく頭をぶつけている馬もいた。精神が触れてしまっている人間のような感じだった。俺はその光景にずいぶんとショックを受けた。

一般の家を覗いてみると、部屋の中で猫が死んでいるのが見えた。中には猫同士が共食いしてしまいほとんど骨になっているものもあった。食べ物もない状態で部屋の中に残されてしまったのは、地獄だろう。

「猫は人ではなくて家につく」

ということがあるが、それは本当だった。なぜならドアが開いていても頑なに部屋の中にいたからだ。外に出られるのに部屋の中で死んでいた。

みたいに言われることもあるが、現在の室内飼いされている猫は弱い生き物なのだと思った。

「猫は強い動物」

猫とは違って、犬は野生に帰っていた。

犬は群れになって動いていた。洋犬、和犬、雑種、大きさも値段も全然違う犬たちが群れになって集落を走っていた。

ただ、犬たちも十分な食べ物を手に入れられてはおらず、痩せていた。飼い主たちは、すぐに帰ってくる予定だったため、十分な餌を置かずに立ち去ったという。

どさりと置かれたペットフードの横で犬猫が亡くなっているのもよく見た。餌の袋は破いて開け、彼らが食べられそうな食料は全部路上に置いてきた。

警戒して近づいてこなかった犬たちも、袋を開けてやると近づいてきて少し食べた。すると物凄く、尻尾を振って媚びてきた。野生化したように見えても、やっぱり飼い犬だった。人の手がないと生きられないんだなと思い、どうにも辛い気持ちになった。

取材の結果をウェブにアップするとたくさんの人に読まれた。そしてなぜか、大バッシングを受けた。

「なぜ、動物たちを助けなかったんだ‼」

「見殺しにするなんてひどい‼」

と容赦ない言葉が浴びせかけられた。

家でネットを見て、正義を吠える人たちに、俺は一番の恐怖を感じた。

教訓

●丸山ゴンザレス

最後に丸山ゴンザレスさんは、こんな話をしてくれた。

海外に行くときに気をつけているのは、野良犬です。アジア地域やアフリカなどの国々、特にスラムだったり衛生環境が悪い国に行くときはかなり気をつけてますね。

何が怖いって、一番怖いのは狂犬病です。もちろんワクチンを打っていけば大丈夫なんですけど、狂犬病以外にも破傷風だったり、パスツレラ症だったり、他の病気にかかる可能性もありますし、そもそも犬に咬まれるのが嫌ですから十分注意しています。

若いころは、犬に追いかけられたことが何度もありますけど、幸いにも咬まれることはなかったです。スラム街で犬の群れに追いかけられてしまったときは、地元のおばちゃんに、

「助けて!!」

って言うのがいいんです。地元の人は慣れてますから、棒を振り回して追い払ってくれました。

まあそんなことがあったので、タイにいたときに、

「犬には気をつけたほうがいいよ」

って話をみんなでしていたんです。

その輪の中に若い人がいたんですけど、めちゃくちゃビビっちゃったんですね。タイはいたるところに犬がいます。コンビニの外に何匹も寝たりして、跡をつけてきたりします。そいつはそういう犬一匹一匹に怯えるようになって、犬が現れるとピャッって飛び退くようになりました。

それである日、路地から犬が出てきて、やっぱり『うわあ』って飛び退いたらそのまま車道に出ちゃったんです。

タイってめちゃくちゃ自動車が飛ばしてるんですよ。急には止まれない速度で。それでそのまま跳ねられて死んでしまいました。

何事も過剰に反応するのはよくないな、って教訓を得ました。

隣人の風呂場

◉たっくー（たっくーＴＶれいでぃお）

ＹｏｕＴｕｂｅｒとして抜群の人気を誇る、たっくーさん。たっくーさんご自身に獣怖話があると聞き話を伺った。

僕が小学生のころに住んでいた、福岡県のアパートでの体験です。

築40年は経つ、古びた二階建てのアパートの２０３号室。階段は錆びつき、壁は薄く、今にも崩れてしまいそうなボロボロのアパートでした。家族と暮らしていた幼少期は楽しい記憶しかないのですが、とある日の『ある瞬間の光景』の記憶だけがすっぽりと抜けています。

それから20年が経ち、徐々にその光景の真相が分かってきました。

当時の楽しかった記憶の中には、アパートの隣人、角部屋の２０４号室に住む男性の記憶があります。

年齢は30代中ごろで、中肉中背。色白で天然パーマで銀縁眼鏡をかけて、服装はスーツにダウンを羽織って、中型のスクーターで通勤するサラリーマンでした。

幼いころの記憶なのですが、何故か彼のことだけは鮮明に覚えています。一緒に遊んでいた友達のことをもここまで詳細には覚えていないのに。


彼は深夜になると大声で歌い出しました。

「メーリさんのヒツジ！　ヒツジ！　ヒツジ！」

アパートの薄い壁など、なきがごとしで声が突き抜けてきます。ダダンダダンダダン‼　とターミネーターのテーマソングを歌うこともありました。

僕と弟は隣から聞こえてくる歌声に笑っていました。母は怒っていましたし、笑っていることが母にバレると怒られるので、布団にもぐって必死に堪えていました。

子供だったからでしょうね。この思い出は僕の中で〝楽しい思い出〟のカテゴリーに入っているんです。


ただ、その歌声はやがて怒号に変わっていきました。歌声に笑っていた僕らも、誰かに向けられているのであろう怒鳴り声には笑えず、怯えるようになりました。

ある日の深夜、いつもより大きい怒鳴り声が聞こえてきました。僕たちは飛び起きました。

隣室の男性は『みぃ』という名前の女性に怒っているように聞こえました。しかし女性の声は聞こえず、ひたすら隣人男性の声がマンションに響き渡っていました。

これはまずいと思ったのか、さすがに母は警察に通報しました。

すぐに警察が駆けつけ、そのときは玄関先で警察官が注意して終わったと思います。懲りたのかそれ以来、怒声が聞こえることはなくなりました。


それから数日後。

２００５年3月20日、福岡県西方沖地震が発生しました。

震度六の地震の被害は僕ら一家も襲いました。

家の中はぐちゃぐちゃになり、風呂場の壁の上部が剥がれ落ちてしまい、薄い壁一枚で仕切られていただけだったため、隣の２０４号室の風呂場とつながってしまいました。

そのままというワケにもいかないので、業者を呼び修繕の工事をしてもらうことになりました。

二時間ほどで業者は到着しました。

車からは作業服を着た20代の若い男性と年配の男性が降り、若い男性が脚立を持って僕の家に入ってきました。

僕は物珍しくて、ボーっと若い男性が自分の家の中でテキパキと準備をする様子を眺めていました。

男性は剥がれ落ちた壁に脚立を立て登ります。

その瞬間、彼は隣の部屋の風呂場を一目見て声を上げました。

「はっ⁉」

真っ青な顔になった彼は、脚立を降りて下の階で工具の準備をしていた年配の男性のもとに向かいます。


「何を見たの？」


僕の中に強烈な好奇心がわきました。

僕は脚立を登りはじめました。

「見ちゃダメ‼」


その声にハッとして下を見ると、若い作業員が手を伸ばして叫んでいました。

僕は下に降りて、落ち込みました。

「何か見たの？」

と何度も聞かれましたが、僕は見る前に脚立を降りたので見ていません。

それから15分後、何台ものパトカーと警察がアパートにやってきました。

隣人は猫などの動物を大量に殺害して、風呂場に置いていたそうです。

そう、男性が見たのは、その大量の死骸だったのです。

結局、その男性は警察に連れて行かれました。僕らもそのあとすぐに引っ越したので、隣人がどうなったのかは知りません。

それから20年が経ったのですが……。
僕は時々、あの脚立を登る夢を見ます。
リアルな夢です。
僕の視点は壁の剥がれた部分に近づいていき、隣の部屋の風呂場を覗く。

真っ赤に染まった風呂場に置かれた長方形のノコギリ……。

なぜ見てもない光景を、鮮明に夢に見るのでしょうか？
人はあまりにショックなものを見ると、記憶を一時的に消そうとするといいます。
もしかすると僕はあの日見てしまっていたのかもしれません。

隣人のお風呂場を。

廃墟のキメラ

●ヒロ（オウマガトキＦＩＬＭ）

オウマガトキＦＩＬＭは人気の高いホラーエンターテイメント・ＹｏｕＴｕｂｅチャンネルだ。

ヒロさん、トモさん、Ｔさんの三人で、様々な心霊スポットや現場に足を運んで取材をしている。今回はヒロさんに、残念ながらお蔵入りになってしまった動画についてのお話を伺った。

昭和時代に建てられた、山中のラブホテルの廃墟が10軒ほど並んでいる場所。そこがその日の目的地でした。その廃墟は、

『男性の霊が出る』

『女性のすすり泣きが聞こえる』

などの噂がありました。

動画を撮る前に、まずはざっと現場を下見しました。下見をはじめてすぐ、嫌な予感がし

ました。それは霊的なものではなく、

「ここに誰かいる」

という感覚です。

真新しい缶コーヒーの缶が置かれていたり、人が座っていたような跡があったり、つい最近まで人がいた気配が漂っていました。廃墟探索で、人に遭うのはとても怖いので、私たちは身を固くして、探索を続けました。

そして車庫を探索していると、床に赤黒いナニかが落ちているのを見つけました。

床に落ちていたのはまだ新しい猫の死体でした。しかもただの死体ではなく、背中から羽が生えていました。

「キメラ……」

私はギリシャ神話に登場する怪物キメラを思い出しました。

その怪物の近くには、カッターナイフや車の工具などが落ちています。それらの道具を使って、猫の死体と鳩の羽を無理矢理つなげたようです。私はグッと、吐き気をこらえました。

正直この死骸を目にした段階で、動画の配信は難しいだろうと判断しました。

ただ、せっかく廃墟に来たのだから、このまま帰るのはもったいなく、もう少しだけ廃墟を探索してから帰ることにしました。

動画を回しながら、ラブホテル内を散策しました。部屋は古いものの、ほとんど荒らされず、綺麗な状態で残っています。

ただ、やはり生きた人間の気配がしました。生活用品は見当たらないから、住んではいないようですが、しょっちゅう通ってきているのかもしれません。

探索をしていると洗濯機などが設置してある部屋に出ました。そこからラブホテルとは違う、木造建ての家が近くに建っているのが見え、そちらに向かい中に入りました。どうやらラブホテルのオーナーが住んでいた家だったようです。

部屋の中には夫婦で写された40年ほど前の写真が飾ってありました。ここではずっと時が止まっていた……はずなのだけど、強い違和感があります。

そう、部屋の中には強いタバコの臭いがしたんです。

ふと視線を正面の大きな窓ガラスに移すと……そこには知らない人が写っていました。

無防備に立つ私の後ろにいる人物は、年齢は30～40歳くらい。うつむき加減で、手をプラッと下ろして指をせわしなく動かしています。

振り向くと目が合いました。

目が合った瞬間に、狂人だと分かりました。

そして、猫と鳩のキメラを作ったのは、この男だと確信しました。

緊張で汗がにじんできます。

狂人相手とはいえなんとか、敵意のないことを伝えて、円満にここから立ち去りたいと思いました。


「ここに住んでらっしゃるんですか？」

「ヴウウウウヴウウウウゥ!!」


男はまるで怒った犬のような声でうなりました。

男はこちらを害意のある目で見ながら、壁をドンドンドンドン叩きます。


この部屋にはドアはひとつしかありません。

窓はあるが、飛び降りるには高すぎます。

膠着状態になりました。

一秒間が一時間に感じるほど、時間がゆっくり流れます。体中から汗が吹き出ました。


男は低いうなり声を上げながら部屋を立ち去っていきました。

しばらくは怖くて部屋から出ることもできませんでした。外に出るとすでに男の姿はなく、慌ててその廃墟群から離脱しました。


別の廃墟ロケのときにも、動物虐待の痕跡を見たことがありました。

自宅だと人目につくのがまずいから、廃墟で隠れて動物を痛めつけ、殺し、死体で遊ぶのでしょうか？　世界にはそういう暗くて恐ろしい人が少なからずいるのでしょう。

そういう人は、いずれ人間にも手を出す可能性も高いのではないでしょうか？。

『心霊スポットで死体を発見』
『廃墟で白骨化した遺体を発見』
などのニュースを見るたびに、この出来事を思い出します。

野狐

◉早瀬康広(都市ボーイズ)

怪奇ユニット『都市ボーイズ』の早瀬康広さんからお話を伺った。


長崎に住む50代の女性から聞いた話です。

彼女は生まれつき病気を患っていたそうです。両親は共働きだったので、あまり世話ができない。そのため母方のおばさんの家で、病気が落ち着くまでお世話になってたんですね。

そのおばさんは、自分の息子と娘がいるのに彼女を溺愛しました。

身体が安定してからは、自宅に戻るのですが、おばさんは彼女を自宅に連れて帰ろうとします。

「うちに来なさい。うちに来なさい」

なぜ、そんなに執着するのだろう？　と不思議に思いました。


そのおばさんは野狐を信仰していました。

長崎には野狐の千匹連れという言葉もあるくらい、野生の狐がたくさんの子供を連れ立って歩く姿が目撃されたらしいです。

その野狐を信仰しているので、子供をたくさん育てたいという思いがあったのかもしれません。

ただ、野狐はそもそも神格化していない狐です。だからあまり信仰されません。

おばさんが何故に野狐を信仰したかというと、彼女の知り合いに拝み屋さんがいてその人が野狐を信仰しており引きずられるように傾倒していったらしいです。


おばさんは、その女性以外にもいろいろな場所から子供たちを集めて育てていたらしいです。ちょっと情緒に問題がある子や、家庭の問題で育てるのが難しい子供などが中心でしたが、中には、

「あのおばさんは怖い。逆らうと何をされるか分からないから子供を預けよう」

というような人もいたみたいです。

ただ、おばさん側にも線引きがあったみたいです。その長崎の女性には妹がいたのですが、妹にはまったく興味を示さなかった。おばさんの家にも連れていかなかったそうです。

ちょっと不思議な話なんですが、おばさんに子供を連れ帰られた家は没落していくんだそうです。彼女の知る限り１００％だったとか。会社が潰れてしまったり、夫婦喧嘩の末別れてしまったり。彼女自身の家もそうでした。

「なんで娘を連れていかれているのに、お前は何も言わないんだ！」

父親が母親を責めました。両親の喧嘩が次第に激しくなっていき、家にいると剣呑なので彼女は自主的におばさんの家に遊びに行っていたらしいです。

高校生まで、そんな生活をしていました。

彼女は、おばさんの家の近くに老夫婦が住んでいて、その人たちからも可愛がられていました。そんな老夫婦は亡くなるときに、

「あの女は怖い人よ。気をつけなさい」

と忠告してくれたとか。

ただそれでも通い続けていたのですが、おばさんの家に行くのをやめるきっかけがありました。

いつものようにおばさんの家に入り浸って昼寝をしていると、耳元で変な声が聞こえてきました。目が覚めると、おばさんの息子が勝手に部屋に入ってきていて、自分を襲おうとしていました。拒絶してことなきをえましたが、それ以来訪れるのをやめました。

しかし、行くのをやめて以降、毎晩同じような夢を見るようになりました。


修験道の修験者たちが歩くような道を歩いている自分。真っ暗な山道で松明の光だけが見えます。そして神社のような場所にいるのだけど、とても恐ろしい。家に帰りたいと思うのだけど、進むことも戻ることもできず、ただただそこに立ち尽くすんです。

立ち尽くしていると、知り合いのおばあちゃんの声が自分を呼んでくれて目が覚めます。おばあちゃんの声は現実世界から聞こえてきました。


その後、19歳のときに今の夫にあたる男性と出会い、同棲をはじめたそうです。

あるとき、友達四人で熊本に遊びに行くことになりました。ただ家を出た瞬間に、

「行きたくない」

と感じたらしいです。

それでも、約束しているし嫌な気持ちを振り払って電車に乗りました。

車内は空いていて、斜め前の席に男性が座っていました。

その男性は目が合うと、ニヤッと不気味な顔で彼女に笑いかけました。彼女はそこから急に体調が悪くなって、熊本に着いても身体が動かせなくなりました。

あとからその話を一緒にでかけていた友達にしましたが、彼女以外はその男性のことは誰も覚えていませんでした。

家に帰っても体調は戻らず、病院に行っても理由がわかりません。ご飯も食べられなくなって、体重も30キロ台まで減ってしまいました。

夫（当時は恋人）は心配して、霊能者の知り合いがいるから家に来てもらおうと提案しました。しかし、彼女はとても嫌がって、そんなことはしなくていいと固辞します。

それでも取り敢えず電話してみようと、電話をかけると彼女は夫をものすごい目で睨みました。

「まるで人間じゃないような顔で睨んできて。あのときの彼女の顔が忘れられない」

と夫は今でも語るそうです。

「彼女に野狐が憑いていて、祓われるのが嫌だから睨んだのか？」

とも思ったそうです。

結局、霊能者に見せることになりましたが、

「生霊は祓えないから自分で直しなさい」

と言われたそうです。

彼女は会社で働くこともできなくなり退社することになりました。

そのまま引きこもりの生活に。そして、また夢を見るようになりました。


友達とたわいもない会話をしていると、まるでテレビのテロップのように、

『山田稲荷』

という文字が浮かんでくる。

調べてみるんですが、近所にはない。自分とは縁もゆかりもない、そして調べ続けると、
とても遠い場所にその稲荷を見つけました。

「野狐って神格化されてませんから、当然野狐のための神社はないわけです。だから野狐が自分で勝手に『山田稲荷』を作り上げたのかもしれません。そして『またおばさんのところへ戻ってこい』と私に呼びかけているのかも。もちろん、年齢的におばさんはすでに亡くなっているとは思うのですが……。確かめてはいません」

彼女は今では体調もある程度回復し、現在はハーブを育てて販売するというお仕事をされています。

「最近よく狐を見かけるんです。なんだか、あちら側に呼ばれているような感覚がします」

と最後に話していました。

稲荷

●早瀬康広（都市ボーイズ）

怪奇ユニット『都市ボーイズ』の早瀬康広さんにさらにお話を伺う。


うちの奥さんの話です。

うちの奥さんは学生時代にバレーをやっていたんですよね。結構、強豪校だったんでいろいろな地区に遠征したりしてたんです。それで近くの高校の女子生徒と仲よくなりました。

「●●高校で試合があるから一緒に行こう」

ということになって、自転車に二人乗りで他校の遠征試合を観に行きました。

運転していたのが奥さんで、友達は後ろに乗っていました。

しばらくして急な坂道を下っていると、友達が奥さんの肩を強く握ってきました。

「急な坂だし怖いのかな？」

と思っていると、後ろでボソボソと呟いているのが聞こえます。

「お母さんごめんなさい、お母さんごめんなさい、お母さんごめんなさい、お母さんごめんなさい、お母さんごめんなさい……」

とずっと早口で謝り続けていました。

奥さんはめちゃくちゃ怖くなったそうです。

呟いているのが怖かったわけではなく、彼女にはお母さんがいなかったからです。

坂道を下ったところには十字路があり、そこに差し掛かったところで、

「本当にお母さんごめんなさい!!」

と叫ぶと、彼女はふっと手を離し、自転車から飛び降りました。

その瞬間、自転車の右から自動車がきて、奥さんは跳ねられてしまったそうです。そのまま倒れて、アスファルトに身体が擦れ腕はズタズタになりました。

運転手が慌てて自動車から出てきて、『申し訳ない!! 病院に行こう!!』と言うのですが、奥さんはそれどころではなく、まったく耳には入ってきません。

「あの子はどこに行ったんだろう?」

見渡すと、綺麗な姿勢でタッタッタッと坂を駆け上がっていました。

奥さんは慌てふためくおじさんを待たせて、腕を押さえて坂を上がっていきました。

坂の頂上付近で、その子は座っていました。足をペタンと下につき、身体を斜めにして、
何か喋っていました。彼女の目の前には古い稲荷社がありました。

「誰と喋ってるの?」

すると彼女は首をグッとこちらにむけてニヤーっと笑うと、

「お母さん」

と答えました。以前彼女は、お母さんは顔も知らないし、話したこともないと言っていた。

でも今はお母さんと話しているという。

「何を喋っているの」

奥さんが恐る恐る聞くと、

「教えなーい」

再び稲荷の方を見て喋りだします。彼女の顔は目がつり上がって狐のようで、怖くて顔を
見れなくなったそうです。

奥さんは坂を下りて、おじさんの車に乗って病院に行ったそうです。

腕にはかなり大きい稲妻のような傷が残りました。僕とつき合っているときは、気にして夏場でも長袖を着ているくらいでした。


ただ、不思議なことに、この傷の思い出を綺麗さっぱり忘れていたそうです。

奥さんとは高校のときに出会っているのですが、傷の話は一切出ませんでした。

お互いに30代になって、僕が怪談とか話すようになって、

「私にも何かなかったかな?」

と考えたら、急に思い出したそうです。

一緒にその稲荷社に行ってみたら、エピソードも女性の顔も全部思い出したそうです。

友達の女性は引っ越す前に、その稲荷社の近くに住んでいたそうです。ひょっとしたら、記憶のない赤ちゃんのころ、お母さんと会っていたのかもしれないね? と言ってました。

ちなみにその稲荷社は、地元では有名で、よく信仰されていたそうです。

犬神

●早瀬康広（都市ボーイズ）

最後にもうひとつ、怪奇ユニット『都市ボーイズ』の早瀬康広さんにこんな話を聞いた。

四国出身の女性からお話を伺いました。

彼女は四国で生まれ育ったんですけど、芸能の仕事がしたくなって上京しました。ただ芸能界でなかなか成功することはできませんでした。仕方なくアルバイトで食いつないでいたのですが、アルバイト先の男性と仲がよくなってつき合うことになりました。そして、彼の家に遊びに行くことになったんですが、

「うち犬いるんだけど大丈夫？」

と聞かれました。彼女は実家にいたとき、よく親から、

「あんまり犬に近づかないでね」

と言われていたのを思い出しました。

理由はわかりませんでした。ただ彼女は言いつけを守っていたんです。だから、あまり犬

には近づきたくありません。しかし、彼女自身は動画共有サイトで犬の動画を見続けるくらい犬が好きだったんです。

彼氏の家に行くと、愛想のいい小型犬が迎え入れてくれました。犬と触れ合うのははじめてでしたけど、全然平気。普通に可愛いし、彼女は楽しい時間を過ごしました。

その日は、そのまま彼の家で寝ました。

夜中、彼女はすごい指の痛みと、顔面の痛みで目が覚めました。

気がつくと彼が思い切り彼女の顔面を殴っていました。そして指からは血が流れていました。

彼女は寝ている間に、犬の足の骨を折っていたんです。彼氏いわく、夜中にふっと目覚めた彼女はリビングに向かい、ケージを開けて犬を出して前足を二本とも折ったそうです。犬がどれだけ噛みついても、彼が怒鳴っても手を離さないので、仕方なく彼は顔面を殴ったそうです。

もちろん彼氏には振られましたし、それ以上に無意識で犬の足を折ったという事実が彼女自身とてもショックでした。

彼女は四国の実家に帰りました。

まだ傷は癒えておらず、手には包帯がグルグルに巻かれているし、顔面も腫れていました。

お姉さんと会って、ことの顛末を話すと、

「あなたは地元を離れたから聞いていないと思うけど、私は犬に近づいてはいけない理由を聞いた。うちの家はずっと犬神っていって、犬か狸か分からない神様を信仰していたの。犬を使役するには、犬を殺さないといけない。殺して魂にしてから使役する。だから私たち一家は犬に近づくと無意識に犬を傷つけたくなるんだよ。だからあなたは無自覚のうちに犬の息の根を止めて、自分の眷属にしようとしたんだと思う。あなたは小さいころから無意識のうちに犬を傷つけようとしていた」

と説明されました。

彼女は完全に『犬神』の血を継いでいるから、絶対に犬には近づかないようにって言われていたんだと知りました。

似たような話がもうひとつあります。

こちらもやはり四国に住んでいる人です。

彼女は普通の会社に務めていたんですが、ある日を境に、

「この人、嫌いだな」

「この人、苦手だな」

と思うと、その対象の人が怪我したり病気になったりすることが増えました。

あまりに続くので気持ち悪く感じ、実家に帰った際に家族に話をしました。

「そりゃあんた、犬神の血筋だから仕方ないでしょ」

と言われました。

オカルトには何の興味もなかった彼女は、

「そもそも犬神って何？」

と聞きました。彼らにとっての犬とは、食肉目イヌ科イヌ属に分類される哺乳類のことではありませんでした。

虫でもムカデでも蛇でも、使役したら犬と呼ぶらしいです。人間にひざまずく動物＝犬らしいです。


彼女の何代か前にはすごいおじさんがいたそうです。

あるとき、とある山の地主がそのおじさんのところにやって来ました。

地主の山には、様々な草や花が自生していて、それを盗みにくる人があとを絶たない。そこで、なんとかならないかとおじさんに頼みにきたんです。

おじさんは、

「蛇の犬神を使って、身内の血筋以外の者が入ったら怪我をするという呪をかける」

ということを行ったそうです。

実際、その後その山で怪我をする人がどんどん増えました。そしていつしか、誰もその山に入らなくなりました。

草花が盗まれることはなくなりましたが、誰も入らないので草がぼうぼうになってしまいました。

地主は綺麗に掃除しようと思って業者を呼びましたが、その業者も怪我をしてしまいました。

『敷地内に入ったら怪我をする』

というルールは、悪人か善人であるかは関係なく適用されるようでした。

地主がおじさんに訴えると、

「では一回、呪を取り下げる」

と言ったのですが、おじさんはそのまま亡くなってしまいました。呪はかかったままです。

それ以降もその山で怪我をする人はあとを絶たず、地元では、

「悪い神様が住んでいる山」

と呼ばれているそうです。

家族は彼女に真剣な顔で尋ねました。

「あんた犬飼ってたよね？　犬が亡くなったあとどうしたの？」

「もちろん火葬して、仏壇に入れたよ。亡くなったあとも、毎日餌を供えてる」

家族は『それは絶対に駄目』と激しく首を振りました。そういう愛情を注ぐと、その犬が眷属になるといいます。眷属になったから、あなたが嫌いだと思った人を攻撃したと。

「もし飼い犬が死んだら、一度も行ったことのない山にゴミのように死体を捨てなければならないの」

それを聞いた彼女はとても悲しいけれど、飼い犬の遺灰を、まったく知らない山に撒いたそうです。それ以来、不思議な現象が起きることはなくなったそうです。

透明なサメ

◉夜馬裕（ゴールデン街ホラーズ）

怪談を中心として作家として活躍する夜馬裕さんにお話を伺った。


とある海辺のリゾート地で起きた話です。

話を聞かせてもらった人は、グラスボートの職員として働いていたそうです。

グラスボートとは船底がガラス張りになっていて、水中を観察できるボートです。どこで働いていたか、具体的な場所は言いませんが、グラスボートがあるリゾート地は限られているので、絞られてしまうかもしれませんね。

グラスボートにも色々あるのですが、彼が運転していた船はさほど大きいものではなかったそうです。

ある日の客は、若いカップルが一組と親子連れが一組でした。親子連れは男の子と女の子の小学生くらいの子供を連れていました。

遠浅の海の海底を見ながら進んでいくので、サンゴ礁や魚を間近に見られて子供も喜ぶわけです。

ネコザメという愛嬌のある顔をしたサメが泳いでいるのが見えて、

「あ、サメだ!!」

って子供は大はしゃぎしていたそうです。


このグラスポートのコースで、大人が一番喜ぶスポットがありました。それはすごい深い穴なんです。穴の底が見えなくて、それがどこに繋がっているのかも分からないっていう。深いところから冷たい水が上がってくるので、サンゴとかも生えていないんですよね。神秘的な雰囲気で大人が好むような場所です。その日もカップルは楽しんでいたらしいです。でも親子連れの子供たちが泣き出しました。なだめても叱ってもとにかく、

「怖い!!　怖い!!」

と泣きじゃくります。

何が怖いの？　と聞くと、

「透明なサメがいる!!」

って。透明なら見えないでしょ、っていうんだけど『いるんだ!!』と譲らない。

「透明なサメが穴の中から覗いてる!!」

そう言って二人ともますます泣きます。

横にいたカップルたちのすごく嫌そうな顔に、両親はいたたまれなくなって謝りだしてしまって……。あんまりな空気になったので、すぐにその場から船を出しました。

その回は終わって、休憩時間に入りました。

同僚と二人でグラスボートではない小型船に乗って少し沖まで船を出しました。深い穴のあたりまできて停船しました。穴のあたりは魚もあまりいないから静かなので、休憩することが多かったそうです。

船から足をだらんと垂らして水につけ、コーヒーを飲んだり、サンドイッチを食べたりしていたら、

「痛っ!!」

強烈な痛みが足を襲いました。

海の中を見ると何もいない。何もいないけど、足からは血が流れている。たまたまその日は砂浜でガラスの破片を踏んでいたので、そこに海水が沁みて血が出てきたのかと思ったけれど、とてもそんな量ではありませんでした。

足を引き上げると、ふくらはぎのあたりが思いきりえぐられていました。

どう見ても、噛みちぎられた跡。

同僚も驚いて駆け寄ってくると、バシャ!!っと波が立って、船に水が入ってきました。同僚は、

「大きな魚が跳ねたような波が見えたし、ドボンと飛び込んだのも感じた。ただ、魚は見えなかった」

と言いました。

結局、足は不自由になってしまったし、何より怖くて仕事は辞めたそうです。

「あの穴の深い所には子供にだけは見えた透明なサメがいて、そのサメに足を食いちぎられたんだ」

彼は、今でもそう思っているそうです。

この話はワケあってサメの怪談を収集しているときに教えてもらったんですが、他にも40件近くいただきました。

その中にあったもうひとつのサメの話は、九州が舞台の話でした。

その港町はサメの食害被害が多い地域でした。今から40年ほど前には家族とヨットで遊んでいた女子中学生がサメに襲われ亡くなりました。彼女の下半身は食いちぎられてなくなっていました。歯型が残っていて、シュモクサメによる仕業ではないか？　と囁かれました。

戦争末期、その地域はかなりひどい攻撃をされたそうです。川の上流で空襲があって、湾に遺体が流れ込んでいました。

そんな場所に米兵の航空機が墜落。憎き敵国ではありましたが、

「とりあえずは救助するか」

ということになりました。

船を出して近づくと、米兵も不安ですからこちらに泳いでこようとしてくるわけです。そ

こにシュモクザメの群れが現れました。

先頭にいるサメは体がまるで透明のように見えて、キラキラと光っている。見たことがないサメがシュモクザメを引き連れて泳いでいる。米兵たちは目の前でサメたちに食べられて死んでしまったそうです。それを見た人たちは、

「神の使いの透明なサメが、日本人の同胞の無念を晴らしてくれた」

と感謝したそうです。

『透明なサメ』の話が二つかぶるなんて、不思議だなと思いました。

透明なサメは、今でも日本近海を泳いでいるのかもしれません。

猿の殺戮

●夜馬裕（ゴールデン街ホラーズ）

さらにもうひとつ、夜馬裕さんにお話を伺う。

猿って怖いですよね。

調べてみると毎年びっくりするくらいの人間が、日本猿に襲われたっていう事件が発生しています。

当然作物が食害に遭うケースは多いし、人間が怪我させられる事件もあります。さすがに人が亡くなるようなことはほとんどないですが、まれに人間の赤ちゃんが連れ去られてしまうような事件も起きています。

だから猟友会は猿を殺します。

ただ、猟で猿を殺すのも簡単ではありません。

「鹿や猪は殺せても、猿はちょっと……」

という人が多い。猿は人間に似ていますし、頭がよくて人間的な行動も取りますから、どうにも殺しづらいのは分かります。

そういう人には猿鍋を食わせるそうです。

「食べたくない」

っていう人にも無理やり食わせます。猿を食べると、猿を殺せるようになるらしいです。

猿は殺すときには徹底的に殺さなければならないそうです。猟師いわく、

「猿は頭がいいから攻撃されたことを覚えている。だから仕返しをしてくる。自分を殺せなかった人間のことは舐めくさって、平気で家屋に侵入してくるようになる。だから殺すときは、群れごと全滅させる」

日本猿には家族愛があります。自分の子供が死んだあとも、ずっとおんぶしたりしています。そこでまず、猿の子供を捕まえます。

多くの動物は子供を捨てて逃げるのですが、日本猿は逃げません。

子猿を紐に吊るしておけば、助けようと親がやってくるし、仲間も近寄ってくる。子猿の周りに集まった猿を殺す。そのときに、他の山に逃げられると、次は他の地域で食害被害が出る。だから、絶対に全滅させます。

もちろん生活のためにやっているわけですけど、非人道的だと感じる人もいます。そう感

じるのは仕方がないことなのですが、逆に猿を殺すのが尋常じゃないほど好きな人も現れるそうです。

九州でも猿害はたくさん起こっています。

ある地域にいた猿の集団は、頭がいいというか、いやらしい攻撃をしてきます。猿は目を合わせると襲ってくるのですが、目が合っても大人の人間を襲わないんですよ。自分を守る力のない、老人や子供を襲います。後ろから襲って足の腱を噛みちぎったりする。子供をいたぶることもある。

人間に対する怒りが強く、荒々しいんです。

西アフリカのシエラレオネ共和国のチンパンジー・ブルーノは脱走後、手足の爪を剥がし、すべての指を噛み切り、さらに生きたまま顔面を食いちぎって殺すという、凄まじい拷問をしながら人を殺しています。

その地域の猿はさすがにそこまではないものの、やはり人間に対して悪意のある攻撃をしてくる。

その凶悪な猿の群れを辿っていくと、その地域に住むひとりの元猟師の男に行き当たったそうです。

彼は元々『猿の殺戮が好き』な人間でした。

とにかく猿を殺すことが好きすぎて、その結果、猟銃所持の資格を剥奪されてしまいました。

なぜ資格を剥奪されたのかは分かりませんが、おそらく禁止されている地域で猟をしたとか、禁猟期間に猟をしたとか、そういうことだと思います。

狩りができなくなってしまった彼は、本宅以外に持っていた山の奥の別荘にこもるようになりました。

彼はそこで、猿に餌付けをしました。

猿を殺しすぎたのを反省して数を増やすために餌付けするようになった……わけではありませんでした。

彼の別荘に入った人は驚きました。そこには人型のマネキンが置かれていたのですが、首、手首、足首などには猿の噛み傷が無数についていたそうです。

「猿に人間を襲うトレーニングをさせていたのか……」

と驚きましたが、それだけではありませんでした。猿を過剰に興奮させるために、神経を高めるハーブティーや、ADHDの治療薬（ドーパミンの伝達がよくなる）を飲ませていたそうです。つまり異常に興奮させて、人間を襲わせていたわけです。

どうやったのかは分からないのですが、子猿のうちに人間を憎むようにトレーニングしていたようです。


見つけた猟師たちは、警察には通報せず内々で処分したそうです。処分といっても、もちろん元猟師を殺したとかではなく、多少痛めつけて、小屋も壊し、

「二度とこんなことするなよ‼」

と強めにお灸をすえたようです。

そもそも警察に通報したとして、猿に餌付けをして、変な薬を飲ませただけですから、罰金程度でしょう。

疑問なのは、なぜ猿を殺すのが好きだった男が、猿を餌付けして人間を襲わせたのか？

男を問いただすと、

「猿に人をたくさん襲わせたら、人は猿を憎んでまたみんなで猿をいっぱい殺すと思ったから。猿がいっぱい殺されると楽しくなる」

そのようなことを語ったそうです。

彼の人生は、完全に猿に支配されてしまいました。これが、無理やり猿を食べ、猿を殺す快感に味をしめた男の末路だと思うと、悲しい気持ちになりました。

余談ですが、哺乳類が共食いをするとプリオン病という病気になります。人間と猿は近い種ですから、発生してもおかしくありません。発症すると脳がスポンジ状になり、脳傷害や死を引き起こします。病気の過程で『猿の殺戮が好きになる』のかもしれないな、と想像しました。

獣臭

●凸ノ高秀

漫画家の凸ノ高秀さんに、自身のネットラジオ番組に送られてきた男性視聴者のお便りから、特に怖かった獣怖話を教えていただいた。

私は幼いころから小学校三年生までを、岐阜県で過ごしました。母方の祖母の家に住んでいたのですが、家の周りには田園が広がるど田舎でした。私の両親はすでに離婚しており、母と祖母と私の三人で暮らしていました。

その家にはひとつ、ルールがありました。

『動物を飼ってはいけない』

というものです。

祖母も母親も動物好きでしたし、とくにアレルギーはありませんでした。しかし自宅で動物を飼うことは決して許されませんでした。

犬や猫はもちろんなのですが、縁日の金魚すくいで取った金魚さえ、

「飼ってはいけない」

と捨てさせられました。

私は納得がいかず、祖母に、

「なんで飼ってはいけないの？」

そう尋ねました。すると、

「この家の二階には獣がいるからダメなんだよ」

そう言われました。また別の機会では、

「二階には猿がいるからダメ」

と言われました。

もちろん、私の家の二階には獣も猿も住んでいません。そもそも動物を飼っていけない理由が、家に獣がいるから、というのもわけが分かりません。

数年後、祖母は他界しました。

母と私はその家を離れ、隣県に引っ越しました。母は再婚し、私は大学への進学で東京に上京。

東京での生活に慣れたころには、祖母の思い出もずいぶん薄らいでいました。

大学二年生の夏休み、久しぶりに祖母の家を訪れました。私が住んでいたころはど田舎でしたが、田畑は開拓されて新興住宅地になっていました。新しい家が建ち並ぶ中、祖母の家だけは老朽化してみすぼらしく建っていました。

ただ、母は愛着もあったのでしょう、定期的に訪れてはきちんと掃除をしていたようです。

私は、事前に母から鍵を借り、久しぶりに屋内に入りました。部屋の中は雨戸がすべて閉められていたので暗かったのですが、掃除が行き届いていて綺麗でした。

ノスタルジックな気持ちに浸りつつ階段を上がると、二階の母の寝室が目の前に。そして部屋に入ってみると、その部屋の中にさらにドアがありました。

そんなドアの記憶はありません。

思い返すと、当時はドアの前に大きなタンスが置かれていて、見えないようになっていたのです。今はそのタンスが撤去されているので、隠されていたドアが剥き出しでした。

私は恐る恐るドアを開けました。

人面獣心の章

「こんなところに部屋があったんだ……」

そう思ったと同時に、異様な臭いが鼻をつきました。


獣の臭いでした。


動物園や牧場にただよう臭気を何十倍にも強くしたようなおぞましい臭い。

何かが腐敗しているのだと思い部屋を見渡しましたが、何もありません。

ふと見渡すと、正面の壁には和紙が貼られています。

和紙には獣の絵が描かれていました。

その獣は、猿と鬼と人間を混ぜたような姿をしており、大きく窪んだ目でこちらを見て、耳まで裂けた大きな口で笑っています。

部屋に入ろうとしていましたが、

「部屋に入ってはいけない」

と直感で感じ、ドアを閉めました。

臭気を吸ったせいか気分が悪くなり、家を出て庭のすみの側溝で吐きました。

話題にするのも嫌な気がして、母にはこの話を切り出せないままです。

祖母の家はまだあります。母はまだ定期的に掃除をしています。


この話と関係があるのか分かりませんが、もうひとつ獣絡みで思い出した話があります。

大学一年のときに恋人の家に遊びに行きました。彼女はトイプードルを飼っていたのですが、目覚めると泡を吹いて白目をむいて倒れていました。慌てて動物病院に連れて行ったのですが、夜中に心臓発作で死んでいたということでした。

私の家にいた獣と関係があると思いますか?

猫殺し

●どれいしょう

ＶＴｕｂｅｒとして活躍している、どれいしょうさんに子供時代に経験した話を伺った。

小さいころは愛知県の住宅街に住んでいました。一見、のどかな住宅街です。自宅は階層の低いマンションの三階にありました。家族向けの物件だったので、室内外にいろいろ設備が整っていました。そのひとつとして、マンションの敷地内に公園が設置されていました。

さほど広い公園ではないのですが、子供向けの滑り台やアスレチック器具などが置かれていて、公園の隅には三角の小さな砂場がありました。

その砂場は猫のトイレスポットになってしまっていて、マンション住人の中で問題になっていました。衛生的によくないので、住人がボランティアで定期的に掃除をしたり、砂を総取り替えしたりしたのですが、一向に状態はよくなりません。

原因は明らかで、野良猫に餌をあげる人が複数人いたからです。猫に餌をあげる人たちは掃除もせず無責任なので、ボランティアの人たちは不満をつのらせていました。大げさに言えばマンション内が、餌やり派、餌やり反対派に分かれて、険悪なムードになっていました。

そんな中『猫おじさん』と呼ばれる人がいました。何を言われようと猫に餌をあげ続けるおじさんです。ただ、ニコニコと愛想もいいし、人としては嫌われてはいませんでした。

「もう、困った人だなあ……」

と半ば呆れられている感じの人です。


そのおじさんが住んでいたのは僕の部屋の真下の一階の部屋。そこには小さな庭がついていて、三階の僕の部屋のベランダから覗き込むとその庭が見えるような造りです。

ある日、母に言われて洗濯物をとりこんでいるとき、ふと下を見ると、その庭に猫の死体がありました。

ぎょっとしてよく見ると、なにやら装置が設置されています。斜めに板が設置されていて、その先端に餌がつけられていました。

猫がその餌を取ろうとすると、すべり台の要領で下まで滑り落ちてしまう。下には尖った金属の棒が何本も突き出ていて、猫は串刺しになって死んでいました。

つまり自作の猫殺しマシーンでした。

僕は、先日行われた集会所での話し合いを思い出しました。

僕の家は厳しくてお菓子を食べるのが禁止だったんです。マンションの集会ではお菓子が出るので、それを目当てに母についていきました。議題のひとつに、

「近くで猫の残酷な死体が見つかった」

というものがありました。以前からちょくちょく小動物の死体が見つかっていたのですが、

「動物を殺す人は心の病であり、症状が重篤化してより大きな犯罪を犯す可能性があるので注意しましょう」

という注意喚起がありました。

犯人は一階の猫おじさんだったのです。

つまり『猫おじさん』ではなく『猫殺しおじさん』だったわけです。

僕が呆然と庭を見つめていると、タイミングの悪いことに『猫殺しおじさん』が庭に出てきてしまい、パッと上を向きました。

一瞬、目が合ってしまい、慌てて部屋に引っ込みました。

「おじさんに見られてしまった……」

心臓が痛いほど強く脈打ちました。

親やマンションの人たちに打ち明けてしまえば、おじさんは僕が告げ口したと分るでしょう。僕は誰にも言えず、自分の中に抱え込むことに決めました。


翌朝、集団登校をするため集合場所に行くと、そのおじさんが来ていました。

そしてみんなに個別包装されたチョコレート菓子を配っています。みんなは喜んで食べていたのですが、僕は『毒が入っているかも』と思い食べられませんでした。

集団登校は皆でまとまって学校まで歩くものですが、みんなクソガキだったので守らないんですよ。集合はしてもそのあとはダッシュしたり、寄り道したり、結局バラバラになります。その日もみんなバラバラになって、僕はひとりで歩いていたんですが、おじさんが近くにやってきて、

「猫を電子レンジに入れてチンするとどうなるか知ってる?」

おじさんは優しげな雰囲気で話しかけてきました。

「あの猫と同じように殺されるのでは……」

僕は怯えながら『知りません……』と答えるとおじさんは、

「目や耳から白い湯気がどんどん出てきて面白いぞ」

子供のようにクスクス笑いながら教えてきました。

「そうなんですか」

僕は曖昧な笑顔で答えました。

最初は脅しなのかと思ったのですが、どうやら違うようです。楽しそうに話すと、バイバイと離れていきました。

どうやら、おじさんは僕のことを『猫を虐待して喜ぶ小学生』と勘違いして、仲間意識を持ったらしいです。

僕が猫を殺している現場を見つけたのに、大人にも告げ口せず、警察にも通報しなかったのが理由かもしれません。

そのあともおじさんは僕を見つけると駆け寄ってきて、喜色に帯びた表情で、

「不凍液を使って猫を殺す方法」

「親猫に子猫を食わせた話」

などを語りました。話を聞くのは苦痛でしたが、敵だと認識されるのは怖すぎるので、曖昧な笑顔で聞き続けました。

数ヶ月後。

夜中に外から猫の鳴き声が聞こえてきました。あまりにもうるさいので、ベランダから覗いてみると、おじさんの家の前の駐車場に猫が集まっているんです。たぶん20匹以上はいたと思います。

その猫たちは、皆がおじさんの家の方に向かってニャアニャアと鳴き続けていました。

翌日、おじさんは急にいなくなりました。

おじさんがいなくなってしばらくすると、なぜかマンションの周りから猫はいなくなりました。

ケチの食事

●國友公司

大阪の西成、横浜の寿町、新宿歌舞伎町……など全国のディープな場所に実際に住み本を書く、ライターの國友公司さんが潜入先で出会った人の話だ。

その人は、アルコール依存症、覚醒剤使用者など問題を抱えた人がたくさんいる街の中でも、とくにヤバい人物だった。

年齢は40代半ば。北海道出身で、大人になるまでは北海道で生活していたそうだ。ある日、飲み屋で見かけたときは、何があったのかは分からないが、猛烈に怒っていた。怒りの矛先は、近くで飲んでいた60代の女性だったのだが、怒りにまかせて壁に叩きつけていた。荒っぽい地域でも、女性に対して激しい暴力を振るう人は多くない。

一度火がついてしまうと、もう誰にも止められないような荒々しさがあった。精神病を患っているのではないか？　と疑ったが、そんなことを言おうものなら、こっちの身が危ない。

日常生活からしてメチャクチャな人だった。

一言で言えば度を越した『ケチ』だった。

とにかく無駄なお金は使わない。無駄金を使わないのは美徳とされる場合も多いが、彼の場合はそのレベルではない。

「電車代？ ほとんど払ったことないよ」

と笑顔で語る。電車に乗るとき、降りるときは、改札をシカトして平然と突破する。

「鹿児島から北海道まで無賃で移動したこともある」

と何故か得意げな顔で言われた。

フェリーにもこっそり無断で乗り込み、無料で移動しているそうだ。

もうその時点でつき合いたくない人すぎるのだが、そのケチさは食事にも及ぶ。

「食費も払いたくないよね。北海道にいたときは野生の動物がたくさんいたから、捕まえて食べてたよね。鳩とか犬とか猫とか……」

彼が子供のころには北海道には野犬がよくいたらしい。餌をあげるふりをして、

「おいで、おいで」

と呼んで、近寄ってきたところを棒で殴打して捕獲した。

「捕まえたらそのまま丸焼きにして食べることもあるし、バラして調理して食べることもあったよ。猫も捕まえたけど、犬のほうが美味いな。犬が一番美味い」

ニンマリしながら話す。

まるで戦後の話のようだが、せいぜい10～20年前の話だ。目の前にいる男が血まみれで犬猫を殺している姿を想像してゾッとする。

「都会だと野良犬とかほとんどいないんだよ。そういう時は『養殖』の犬を食う」

彼の言う〝養殖〟とは人に育てられた動物のことだ。

保健所に行って、里親として犬を引き取る。

引き取るときはそれなりに条件や手続きが必要なはずだし、何度も足を運んでいたら怪しまれる。なにより、目の前にいる男はあからさまにヤバいだろう……と思うのだが、嘘を言っている顔ではなかった。

実際に何度も保健所に足を運び、何匹も犬を連れ帰り、食材にして食べたという。

「いろんな犬を引き取って食べたけど、解体しやすかったのはチャウチャウ。食用として飼育されてただけはあるな。保健所行くのがめんどうくさいときは、ペットで飼われている犬をさらってきて食べたこともあるよ。完全に人間を信頼してる犬が、殴られてキョトンとした顔をするのがウケる。とにかく小さい犬よりも、大きい犬のほうが美味いし、食いでもあるな」

彼はギラギラした目で語る。

この男と話していると、

「この人はいつか平気の顔で、人間を殺すのではないか?」

といつも思う。

奄美の暮らし

●ヌガサカ

怪談屋であり、拷問器具、刑具の収集家でもあるヌガサカさんにお話を伺った。


僕には奄美大島出身の家族がいます。

その家族から聞く話が、本州ではあまり聞かないような動物の怖い話がたくさんあるんです。都会で聞く人怖的な恐怖ではなく、もっとプリミティブな恐怖です。

ここからはその家族が一人称になります。


私は子供のころ、とにかくダツを恐れていました。ダツとは細長い身体に尖った両顎を持つ魚です。英名ではニードルフィッシュと呼ばれています。ダツは光に突進してくる性質があります。

近所のお年寄りからは、西郷隆盛が奄美大島に流刑されたときの昔話をよく聞きました。

やることがなく暇だった西郷隆盛は、龍郷湾に釣り舟を浮かべて釣りをしていたといいます。西郷隆盛が釣りをしていたとき、物を取りに船の片側にかがみました。西郷隆盛は巨体なので船が傾きます。その瞬間、ドン！　と船体が揺れました。振り返ると、船べりにダツが刺さっていたそうです。

「舟が傾いていなかったら危なかった。次からは鎧具足を着て釣りに行かないといけないな」と冗談にしていたそうです。

だけど本当にダツによる被害は出ていました。ナイトダイバーが浮上するときにライトをつけたところ、ライトめがけて飛び込んできたダツが眼球に突き刺さったという話もありました。

また、小学生が泳いでいるときに、飛んできたダツが身体に刺さり胴体を貫通したという都市伝説もありました。

私は海に行くたびに、海から鋭いニードルが飛んでくるのではないかと怯えていました。

海の恐怖はそれだけではありません。

奄美大島北部の海岸はサンゴ礁に囲まれているため、通常大型のサメやクジラは水深の浅いリーフの内側に入ってこないのですが、龍郷湾は昔『深江が浦』と呼ばれたくらい例外的に水深が深いのでサメが集まるらしいです。映画『ジョーズ』で知られているホホジロザメもくるそうです。龍郷湾に船を出していた漁師が、

「10メートルのホオジロを見た！」

と言っていました。ジョーズのホホジロザメが八メートルなので、10メートルはさすがに話を盛っていると思いますが、それでも本当にサメは現れました。

90年代の終わりごろ、龍郷湾でボディボードをしていた女性がサメに襲われました。ボディボーダーやパドリング中のサーファーってサメから見るとウミガメに見えるらしいんです。なのでマリンスポーツしている人も、私から見ると自殺行為に思えました。


奄美大島に住んでいて一番、命の危険があるのはハブかもしれません。

普通にハブがいましたし、生きたハブを役場に持っていくとお金がもらえるというルールもありました。先輩が原チャリで登校しているときに、サトウキビ畑にハブがいたのを見つけました。素手で掴んで肥料袋に入れて職員室に持っていったそうです。

「放課後まで預かっててくれ」

と先生に頼みましたが、担任の女性教師は、

「絶対に無理‼　無理‼　無理‼」

と泣きながら拒否をしたそうです。

代わりに用務員のおじさんが預かってくれることになったのですが、放課後に行くとハブは死んでいて、お金ももらえなかったそうです。

実際にハブに咬まれる事故も起きています。


中二のとき。ちょうど二週間後の修学旅行を楽しみにしながら歯を磨いていると突然右足の甲にナイフを突き刺されたような痛みが走りました。歯ブラシを放って足を見ると、二つ並んだ傷口から血が溢れていました。

なぜ突然怪我をしたのか意味が分かりません。足を押さえましたが、痛みはおさまるどころか、どんどん酷くなっていきました。

大声で両親を呼びました。

田舎暮らしに憧れた両親が、アメリカの統治時代に建てられた古い家を借りてリフォームした家でした。まともな木材がない時代に建てられた家だったのでそこら中が隙間だらけ。

風呂と洗面所が土間だったので、洗面台の下は湿気がこもらないよう下に10センチほどの隙間が作ってあったんです。

父が洗面台の下を懐中電灯で照らすと、ハブがとぐろを巻いていました。

「ハブに咬まれると一時間以内に血清を打たないと死ぬ」

と言われています。

私の家は僻地だったので救急車を待っていたら、死んでしまいます。

母の車で国保診療所に向かいました。ハブ咬傷患者（通称ハブ患）は血清を打たないといけないのですが、血清に副作用が強いのでハブ咬傷である確証がなければ打つことができません。自分を咬んだハブと一緒に病院に行って、

「このハブに咬まれました」

と申告しないといけないんです。父が近所の人と協力してハブを捕まえてくれ、合流しました。

ただ、診療所の医師は本土から赴任してきたばかりで、血清の打ち方が分かりません。

父が『こいつに咬まれました！』とハブを見せても、

「はあ……」

と困惑気味に答えるだけ。

その間に私はベテランの看護師たちにポイズンリムーバーで傷口から毒を吸い出されていたのですが、今まで体験したことのない凄まじい痛みが走り、絶叫しました。

結局マニュアル本を読んでも対処方がわからず、救急車で名瀬市の病院に搬送されることになりました。

そこで血清を打ってもらったのは、ハブに咬まれて一時間以上経ったころでした。致死タイムに入っていましたが、なんとか死なずにすみました。

膝から下がどす黒く変色して二倍以上の太さに腫れました。足を締めつけてマッサージする機械で毎日リハビリすると徐々に腫れはひいていきましたが、毎回悶絶して叫ぶほど痛かったです。結局、足のサイズは元に戻りきらず、未だに左右の足の甲の厚みが違い、パンプスを履くことができません。

一週間入院し、修学旅行にはギプスをつけて行きました。

テレビ番組

◉バーガー菊池

やんちゃな雑誌、実話ナックルズで編集者をされているバーガー菊池さんに話を伺った。

僕の田舎の岩手県でも昔からクマは出ていたが、最近は昼間でも堂々と現れる。実家の目の前はりんご畑なのだが、うっかり電気柵のスイッチを入れ忘れて全部食べられたとか、山からは距離がある平地にも姿を見せるとか、人間が舐められているのかクマはじゃんじゃん人が住むエリアに現れている。

もしクマとばったり遭遇してしまったらどうすればいいのか？　昔から言われるように死んだふりをするのが一番ダメで、爪や牙でいじられて大怪我はもちろん下手をすれば、そのまま食べられてしまう。

あるとき、様々な人にクマの対処法を聞くという取材をした。

半グレの関係者の話によると、

「業界では有名な半グレグループのリーダーは、飲んでいるとき急に『今からクマを殺りにいこうぜ』と言い出すらしい。関東近郊の山へ向かい、檻の中に捕らわれているクマを金属バットでタコ殴りにして〝やってしまう〟のが趣味。息の絶えたクマは後日鍋にして食うこともあるとか」

という話を聞いたが、それはあまり参考にならない。

プロレスラーの藤原喜明さんに話を聞く機会があった。藤原さんはかつてテリー伊藤演出のテレビ番組でカナダのクマと闘うという番組に出演したことがあった。

「あれはハメられた、人間がクマに勝てるわけない」

と語ってくれた。

クロクマで、爪も牙も抜かれていたが、欲求不満がたまっているのか常にグルグルと檻の中を歩き、低く唸り声を上げていた。

性格のおとなしいペットのクマのはずだったが、撮影が行われたのは冬眠前で一番獰猛な時期だった。

「爪と前歯は抜かれてるけど、奥歯はあるから気をつけないと指持ってかれますよ」

とスタッフから言われた。

「何があってもカメラは止めるなって指示が出されていて、あっこれは合法的に俺は殺されるんだなって覚悟した」

ウロウロと歩いていたクマだったが、急に特攻してきた。ドンとぶつかった瞬間に大柄な藤原さんの身体がふっとばされた。

タックルとパンチで何度もふっ飛ばされるうちに、首をやられ、腕もしびれてしまい、ボロボロの状態になった。

「もうダメだと思ったけど出口は針金でガッチリ結ばれてるから逃げられなかった。昔のテレビって本当ひどいよ」

クマと出会ったときに、どうすればよいのか？　と聞くと、

「念仏でも唱えてあきらめろ」

とてもリアルな答えをいただいた。

ただ、人死にが出ても構わないという昔のテレビ番組の体質の方にむしろ恐怖を感じた。

亀甲獣骨の章

※亀の甲羅と獣の骨のこと。古代中国の殷の時代に、甲骨文字を刻んで占いの記録をしていたとされている。

猿の占い

◉島田秀平

お笑い芸人として活躍しながら、手相占いで大ブレイク。最近ではＹｏｕＴｕｂｅチャンネル『島田秀平のお怪談巡り』でも大人気を博す、島田秀平さんに動物にまつわる怖い話をしてもらった。


今年はいよいよ２０２５年ですね。

なんかいろいろ怖いこと言われてる年です。ネット検索しても『２０２５年』って入力するとサジェストで『人類滅亡』『地球滅亡』と出ちゃうくらいです。

人口２０２５年問題っていって、日本人の人口75歳以上が五人にひとりになっちゃうとか、太陽活動が活発化するから太陽クレアが降り注いで地球上に被害があるんじゃないか、とかいろんなことで２０２５年怖いねっていう風なことが、割とこの都市伝説界隈では言われてます。

亀甲獣骨の章

去年の夏の話です。

テレビのロケで日本の真ん中あたりにある、とある有名な神社にロケにいきました。ロケの内容は、神社の近くの山道沿いに宿坊がたくさん並んでいたという噂を調査するというものでした。

宿坊（しゅくぼう）っていうのは、主に仏教寺院や神社などで僧侶や氏子、参拝者のために作られた宿泊施設のことですね。

ちなみに今はその場所には、一切その痕跡はありません。僕もその神社は何度も行ったことありましたけど、全然気づかなかったです。

ただ、実際宿坊があったという場所に足を運んでみると、石垣が積んであったり、基礎があったり、確かに宿坊らしき建物が建ってたんだなっていう痕跡を見つけることができました。

江戸時代の古地図を見ると、宿坊が12軒並んでいたのが分かりました。そのうち11軒が左側だったんですが、ただ一軒だけが右側。つまり東側にあったんです。太陽が昇る方角で大事な方角だよなって。

「何か特別な宿坊なんじゃないかな？」

そう思って、その理由を神社の方に尋ねました。

その宿坊は、平安からずっと続いてる家がやってる宿坊だと。今はもちろんないんだけど、現当主の方が街で別の仕事されてるんで、その方にお話を聞きにいってみたらどうですか？と言われました。

平安時代から続く当主にお会いできることになって、純粋に嬉しかったですね。

お伺いしてみると、50歳ぐらいの身なりのいい紳士が現れました。挨拶をすませたあとに、さっそく質問しました。


「唯一右側にある宿坊は、もしかしたら位が高かったり、特別な人に向けた宿坊だったんですか？」

「いやいや、そんな位なんかが高いとかではないですよ。ただ、うちの一族は平安時代からずっとあるお役目を担っている家系なんです。実は、占いをしている家系なんですよ。八十八夜（5月2日頃、太陽の力が一番強くなる日といわれている）に、翌年のことを占います。占った結果は、時の権力者（朝廷とか幕府）にお伝えをするっていう役目を担っている一族なんです。それは現在も続いています」

僕も占いをやってますから、興味津々でした。興奮しちゃって。僕も占いやってるんで、それって何占いなんですか？　って聞いちゃったら、急ににこやかだった紳士の顔色が変わって、

「そんなこと言わないですよ」

って。ただ、ヒントだけはいただけました。

「昔は人を使ってましたけど、今は猿を使っております」

僕の頭の中の想像では、神様に生贄を捧げて、それでお言葉を受け取るような占いが出てきました。以前は人を生贄にしていたけど、今の時代まさか人を使うわけにいかないから、一番姿形が似ている猿を使ってるんじゃないか？って妄想しました。

しかしなにより驚きだったのは、今も続いているという点。それならば２０２５年の占いの結果はすでに出ているということになります。

１２００年以上続いてる占いの、最新の結果、知りたいですよね。

「あの本当に失礼なことを聞きますけど、占いは当たってるもんなんですか？」

「ああまあ、どうかわかりませんけどね。ただ私の代になって今30年くらい経つんですけど、

非常に思い出深い、忘れられない年がありました。それは2011年でした。そう東日本大震災があった年です」

「何かあったんですか?」

「あの年はですね。いつものように5月2日の朝に起きて、手順に則って神事占いをはじめようと思ったところ、猿が逃げてしまったために占えませんでした。猿が逃げたため占えずという結果を報告させていただいた年が2011年だったんです」

「え? そんなことあるんですか?」

「そんなこと滅多にありません。ただ古い占いの記録を見ると京都の伏見の大地震があったときとか浅間山の噴火のときなどに、何回か猿が逃げてしまったため占えずっていう年がありました」

私はもう、2025年の結果が知りたくて仕方がありませんでした。

「来年のことも占ってんですよね?」

「占いました」

浮かぬ顔をされていましたが、私がどうしても教えて欲しいというと、重い口を開きました。

「実は5月2日の朝に起きて、いつものように準備して神事をとり行おうと思ったらですね……。生贄の猿が、生き絶えていたんです。これは過去1200年の歴史を振り返っても一度もなかったことです。だから長い占いの歴史で初めて『生き絶えていたため占えず』という結果を報告させてもらいました」

占いの結果だけを見れば、今年は人類が平安時代から一度も経験したことがない、未曾有の災難を経験するのかもしれませんね。

御札と犬

●島田秀平

引き続き、島田秀平さんに不思議な話を伺った。


これは僕が収録現場で、ある人から聞いた話なんですけどね。

その人は関西の方で、当時20歳くらい。全然、怪談とか話す人じゃないんですけど、

「僕の話なんか全然たいしたことないんですけど、不思議だなぁって話があるんで聞いてもらえますか」

ってことで、お話ししてくれたんです。


その話を聞いたときより10年前くらいの話らしいんですけどね。つまりその方、Aさんとしましょうか。Aさんが10歳くらいのときの話です。

彼は三人家族で、ずっと一軒家に住んでいたんですけど、新築の別の一軒家に引っ越すことになりまして。

新しい家だっていうので、家族みんなで嬉しいなって思ってたんですけど、その新しい家の方がちょっと手間取っちゃって。予定どおり完成しなかったんです。一ヶ月ほど待ってくださいって。でも前の家は引き払っちゃってて……。

どうしようってなってたんですけど、不動屋さんの落ち度だってことで、

「うちの方で一ヶ月住める場所をご用意しますんで、申し訳ありませんがそこで少しの間暮らしていただけますか？」

「わかりました」

ということで、また別の一軒家を紹介されたんです。

そこで家族みんなでその一軒家に向かったらしいんですけど、外見を見た瞬間、なんか嫌な感じがしたっていうんです。Aさんが言うには、

「映画の呪怨、あれに出てくるような一軒家で……ちょっと嫌な雰囲気するなぁって感じました。でも一ヶ月だけだし、家族みんなで暮らすんだし、まぁいいかって」

でもいざ暮らしはじめると、ちょっと物音が聞こえるような気がするとか、ガサガサってなんか変な気配がするとか、ラップ音みたいなのがしたりと、色々ある。

それでも、まあ一ヶ月の我慢と思って気にしないようにしてたんです。

Aさんは当時、二階に自分の部屋をもらっていて、その日は学校から帰ってきて部屋でくつろいでいたんです。お父さんもお母さんも家にいなくて、羽を伸ばしていたら、突然一階の方から、

「ワンワンワンワンワン!!」

犬の鳴き声が聞こえてきたんです。

「あれ？　どうしたんだろう」

不思議に思ったAさんは、

「どうした～？」

「なんかあったのか～？」

なんて声をかけたらしいんですけど、一向に鳴きやまない。それどころか、

「ワンワンワンワンワンワン!!」

さらに激しく鳴いているんですよ。

これはただごとじゃない、とAさんは一階に下りて犬が鳴いてる方に向かいました。

すると、台所の床に向かって、

「ワンワンワン！」

鳴き続けている。

その床を見ると、そこには床下収納があったみたいで。蓋を外すと床の中に収納スペースがあるやつですよね。犬はそこに向かって吠えてるんです。

「え、ここってなんかヤバいのか？」

そうは思いながらも怖いじゃないですか。なかなか踏ん切りがつかなかったんですけど、確認はしないとって意を決して開けたんです。すると、

「うわっ！　ヤバい！」

床下収納の蓋をパカって開けた裏に御札が貼ってあったんです。

御札が貼ってあるってことは、何か封じていたり、そうでなくてもよくないものなんでしょう。怖い怖い怖い、と感じながらよくみると、その御札が三分の一くらい剥がれかかっている。

「御札ってなにかよくないものに貼っておくんだよな。これが剥がれちゃうってよくないんじゃ……」

子供ながらにそう思ったAさんは、のりを取りにいって。で、御札をしっかりと貼りなお

したそうなんです。

そうしたら不思議なもので犬が鳴きやんだ。

「なんだこれ？　でもよかった～」

と思いながら蓋を閉めたんです。そのまま忘れていたわけではないんですが、とくに親に言ったりとかはしなかったみたいなんです。

するとその二、三日後にまた、

「ワンワンワン！」

犬が鳴いてるんです。家にひとりのときに。

また鳴いてるなぁと思いながら、一階に下りてみると、また台所の床下収納のところで鳴いている。

「えぇぇ、なんでだよ」

怖くなりながらまた開けると、今度は半分くらい御札が剥がれかかっている。

「おかしいな、あんなにしっかり貼ったのに……」

でも剥がれたらやっぱりよくないよなってことで、またのりを取りにいって、前よりも一生懸命しっかりと貼って。今度は剥がれないようにって。

するとまた二、三日後に、

「ワンワンワンワン!!」

またひとりでいるときに鳴き声が聞こえるんです。

「え、またぁ？　なになになに？」

やっぱりまた台所の床下収納。パカって開けると、あれだけしっかり貼った御札がほとんど剥がれかかっている。

「おかしいな。なんでなんだろう」

と思っていると、風がスーって入ってきて、その御札が剥がれちゃってフワフワフワフワって飛んでいったんです。

その瞬間、感じたことのないような寒気が『ザワザワザワ』ってきて、

「ヤバい！　ヤバい！　ヤバい！」

って感じて、すぐに御札を拾って、また貼りなおしたらしいんです。そして御札に向かって、

「お願いします、お願いします」

って。それで寒気が止まったときに気づいたらしいんですね。

「あれ？　うちって犬飼ってたっけ」

そもそもが、その家、犬を飼ってなかったんですよ。でもそれに気づくことができなかった。というよりは、犬が鳴いている瞬間、犬を飼っているって記憶にされちゃってたんですかね。なんか不思議で面白い話だなぁって思いました。

犬のお祓い

●田中俊行

怪談収集家・オカルトコレクターとして様々なメディアで活躍する、田中俊行さんにお話を伺った。

物心ついたころから年に二、三回は犬に憑依されることがあった。

憑依されるときは決まって深夜、体調が悪くて高熱が出ているときだった。意識が朦朧としていると、段々と自分が得体のしれないモノに乗っ取られていくのが分かった。

そして乗っ取られると、僕は精神だけではなく物理的にも犬になった。

犬だから四つん這いになる。

そのときの意識は少し遠くにいた。幽体離脱のように、自分を客観的に見ている。その状態になると、犬の気持ちが流れ込んでくる。

大きい庭のある大きな家。

自分の姿は見えないから分からないが、シェパードのような大型犬だと思う。すごく晴れた昼間に飼い主に呼ばれる。

嬉しくて近寄っていくと、撫でてもらえる。逆光で顔は見えないけれど、自分の御主人様だと思う気持ち。穏やかな気持ち。

その一方、知らない家にいきなり放り込まれた犬の気持ちになる。

「全然知らない家だ‼ 外に出たい‼」

四つん這いで家中を走り回って出口を探す。

深夜には父は仕事でいなかったから、母が僕を止めようとする。本気で噛みついた。異様に素早く動いていたそうだ。実家の階段は15段の急な階段だったのだが、三段飛ばしで上がっていく。狐憑きは尋常じゃないほどジャンプするという話があるが、そんな感じだ。

階下からは母の、

「俊が犬になってるよ‼」

と叫ぶ声が聞こえてくる。

二階には六歳年上の年子の姉二人がいた。姉の部屋に入ると、姉二人は部屋の隅で震えて怯えている。

ドアが開き、ゆっくりと四つん這いの僕が部屋に入ってくる。

「俊なの？　犬なの？」

泣き声で姉は聞く。上の方にある僕の意識にも声は伝わってくるが、犬には言葉は分からない。『ガルルルル』と唸って、姉を本気で噛みにいった。

そのあたりから段々と意識がなくなっていった。


朝、目が覚めると体調は多少戻っていた。部屋にいくと、中はめちゃくちゃだ。テレビやら何やら全部ひっくり返っている。母親は疲れ果てて、壁にもたれかかってぐったりしていた。

「俺、また犬になってた？」

「……なってた」

田中家では大問題になった。父親は恐れたのか、僕に話しかけなくなった。

母親は、新興宗教や霊能者などが好きだった。

家から二駅離れた場所に『トランプのおばあちゃん』という人がいた。

トランプを使って占いをしてくれる人だったが、お祓いもしてくれた。母が昔から懇意にしていて、僕も何度か連れていかれたことがあった。

「トランプのおばあちゃんに見てもらって、それでも治らなかったら病院に行こうか?」

という話になった。病院よりまずは霊能者、という家だったのだ。

部屋にいって、おばあちゃんと対面してしゃべりながらお祓いしていく感じだった。たまに肩に触れるくらいで、激しいことはなにもなかった。途中から気分がぼーっとしてきて、そのままお祓いは終わった。

「しばらく様子をみてください」

それが小学校三年生のときで、それ以来症状は一切でなくなった。

でも、お祓いしてもらった半年後、トランプのおばあちゃんは亡くなってしまった。

猫の癖

●吉乃くくる

動物に携わる職種についていたこともあり、生物系の怪談に定評のある吉乃くくるさんにお話しをしてもらった。


50代の女性に聞いた話です。

年子の娘さん二人も無事に独り立ちをして生活にひと段落ついたころに、旦那さんの不倫が発覚しました。

旦那さんの相手は夜のお店で働いている方。

「仕事先の人たちと食事会がある」

そう嘘をついて毎週末、土曜の夜に逢瀬を重ねていました。

それまでにも浮気をしたことはあったそうなんですが、

「今別れたら子供のためにならない」

そう思って我慢してきたそうです。

しかし、お子さんが家を出た今となっては我慢する理由もなくなって、ついに離婚へ踏み切ったんです。

離婚の手続き自体はつつがなく行われましたが、ひとつの問題が浮上しました。

このお宅にはクロネという名前の飼い猫がいたのですが、この子をどちらが引き取るかで相当揉めたそうです。

クロネのことは夫婦どちらもとても可愛がっており、まるで三人目の娘のような存在でした。

話し合いを重ね、色々な交渉や条件が重なった結果、旦那さんがクロネを連れていくことに決まってしまいました。

そのせいか女性は、離婚をして夫が家を出ていっても心は晴れません。

数ヶ月たって、なんだか生活全体が空虚に感じられるようになってしまいました。

一日中ぼーっとしながら、もう居ないクロネのことばかりを考える日々が続くようになったそうです。

そんなある日の夜中。女性がベッドで寝ていたとき、物音で目を覚ましたんです。半分寝ぼけたまま音の方に目をやると、部屋の入り口の扉についているドアレバーがガシャン、ガシャンと音を立てながら上下に動いています。それに続いてドアの向こうからカリカリ、カリカリ、と扉を引っ掻くような乾いた音が……。

「あぁ、クロネがきた。開けてあげないと」

彼女はとっさにそう思ったそうです。なぜなら、クロネには部屋に入りたいとき、ドアレバーに飛びついて音を立てたり、爪で扉を引っ掻く癖があったからです。

「クロネがきてる、開けてあげなきゃ」

眠い体をベッドから起こして女性はフラフラと扉の方に歩いていきます。そして、ドアレバーに手をかけたとき、

「クロネはもうここにいない」

ことに気がつきました。

それと同時に違和感が湧きあがります。

カリカリと扉を引っ掻く音が聞こえるのは、ドアの前で直立している自分の目線の高さ……。

猫の手が届く位置ではありません。

彼女は下げかけていたドアレバーから手を離して、一歩後ろに下がります。

その瞬間、扉の向こうから、

「あぁ、やっぱりバレたか」

低い男性の声と、スタスタスタッと廊下を歩き去っていく足音が響きました。

彼女は、当時のことを振り返ってこう言っていました。

「そのあと慌てて家中を確認したけど当然誰もいなかったんです。そもそも不審者だったとして、なんでクロネの癖を知っていたのか……。あのとき、気づかずに扉を開けてたら私はどうなってたんでしょうか？」

ペンギン

●吉乃くくる

引き続き吉乃くくるさんにお話しを伺う。

お話しを伺った30代の女性・鈴木さんが、小学校低学年の娘さんと一緒に買い物へ出掛けました。道中、大きな駅のそばに差し掛かったときでした。

通り道のすぐ脇に一本の暗く寂れた路地があったんですが、娘さんが唐突にその路地へ向かってパッと指をさして、

「ペンギンさん！　ペンギンさーん！」

と手を振りはじめたんです。

指が差された方向を見ましたが、当然街中にペンギンがいるわけもなく。ただただ薄暗く落書きだらけの路地が広がってるだけでした。

何かの見間違いだろう、とそのときはとくに気にしなかったそうです。

しかしそのまま少し歩いた先で、自分と繋いでいる娘さんの手がガタガタと震えているのがわかりました。慌てて娘さんの顔を見ると、声も出さずに大粒の涙を流して泣いています。

「どうしたの？　なにがあったの？」

尋常ではない様子の娘に尋ねますが、泣くばかりで答えることはありませんでした。

この出来事以降、娘さんは本物のペンギンはおろか、ペンギンという言葉を聞くだけでとても怖がるようになってしまいました。


この話を僕は、鈴木さんの妹さんに聞かせてもらいました。彼女は動物カフェを経営しており、店舗でペンギンを複数羽飼育していました。

「変な話だよね、ペンギンはこんなに可愛いのに……」

彼女はそう言っていましたが、その現場になった路地の場所を聞いたとき、僕にはひとつ思い当たる出来事がありました。


その現場の路地のすぐ脇にあるビルの高層階に小さなバーが入っています。

ある日の夕方、そのバーで開店準備をしていたスタッフさんが、ガラガラっと窓を開けて、何の前触れもなくそこから飛び降りて亡くなったそうです。

事件性などは見られず自殺として処理されました。

その場所が、まさに女児がペンギンを見た路地だったんです。

「人間が高所から飛び降りをすると頭部が一番重いので頭を下にして落ちる」とまことしやかに語られることが多いですが、実際には足から着地するケースが多いそうです。

そのとき、着地の衝撃で足全体が胴体の中にグッとめり込んでしまうそうです。同じように頭も中に入ってしまう。上下から圧縮されたような姿になるんだそうです。

その姿、まるでペンギンみたいじゃないですか？

幽霊というものが亡くなったときの姿で現れるものだというのなら、娘さんはペンギンのように見える幽霊を見たんじゃないか？

そんな考えが頭をよぎったものの当然口に出せるわけもなく、僕は黙って妹さんの話を聞いて

いました。するとそんな僕の背後で、

「ペタ、ペタ、ペタ」

小さな足音が聞こえたんです。振り返るとケープペンギンが一羽、よちよちと歩いていました。このお話を聞かせていただいた場所、妹さんが経営する動物カフェの店内だったんです。ずっと僕らの周りをペンギンが自由気ままに歩き回っていました。可愛いはずの足音が、そのときの僕にはどうにも生々しく聞こえてしまいました。

リクガメの音

◉吉乃くくる

最後にもうひとつ、吉乃くくるさんがこんな話をしてくれた。


僕が中学生だったときの、担任の先生が聞かせてくれたお話です。

担任が昔、勤めてた学校に真鍋先生という女性の先生がいたそうです。フワフワとした雰囲気でとても穏やかな方。

この真鍋先生、自宅でリクガメを飼っていたんです。子供なら跨がれるくらい大きい立派なサイズ。名前をかぼすちゃんといい、とても可愛がっていたそうです。自宅の部屋をひとつかぼすちゃんに明け渡し、専用部屋にして飼うほどの溺愛ぶりでした。

ある年の冬、かぼすちゃんが体調を崩してしまいました。動物病院にも連れていって懸命に治療をしたそうなんですが、残念ながらそのまま亡くなってしまいました。

何年も一緒に暮らしていた家族ですから、真鍋先生は当然落ち込んでしまって……。それは傍から見てもすぐに分かるほどでした。

その姿があまりにいたたまれなかったのですが、周りの先生や生徒は気を遣うくらいしかできませんでした。

ただ、ある日を境に真鍋先生が元気を取り戻したんです。以前の様にニコニコとしている。

他の先生が少し動揺しつつ『何かいいことあったんですか？』と聞くと真鍋先生、

「かぼすがね、帰ってきたんですよ」

そう言うんです。

真鍋先生曰く、夜中お手洗いにいこうと布団から起き出すと廊下から、

「ガッガッガッガッ……」


鈍い音が響いている。なんだろう、と思って廊下に出て音の方に進んでいくと、音の出所はかぼすちゃんを飼ってた部屋の中でした。

真鍋先生が部屋のドアをガチャっと開けると音はピタッと止まる。

そこでそのガッガッ、という音、部屋の中を歩き回るかぼすちゃんが壁にぶつかったとき、そ

のまま前に進もうとして壁面を前足で引っ掻く音とそっくりだということに気づいたんです。

「だから、かぼすが帰ってきたんですよ」

そうやって心底嬉しそうに言うんです。

にかわには信じがたい話ではあったんですが、まあなんにせよ元気になったならいいのかな、と皆思っていました。


それからも真鍋先生はことあるごとにかぼすちゃんの話を嬉しそうにするんです。

毎晩の様に音を出すんだ、と。

その話をそばで聴いてたひとりの男性教師が『んー……』となんだか怪訝な顔をしていました。それに気がついたら担任、気になったのであとで訊いてみたそうです。

すると男性教師はこう言いました。

「いやぁ、あの話おかしくないですか？　だって、リクガメって爬虫類ですよ？　夜は寝てますよね？」

確かによく考えてみれば爬虫類は変温動物、気温の下がる夜は動かない。正確には動けないんです。

そして担任は嫌な想像をしてしまったそうです。

とても大事に可愛がられていたかぼすちゃんに成り代わりたい何者かがかぼすちゃんの真似をして部屋の壁をガッガッ……っと引っ掻いてる様子を。

とはいえそもそもの前提が突拍子もない話ですから、なんとでも言えるといえばその通りなのですが。

ただ、一度だけ我慢ができなくなってやんわり聞いてみたことがあったそうなんです。

「かぼすが昨日の晩もね～」

なんていう真鍋先生に、

「あ、そうなんですね～、あの、かぼすちゃんって、リクガメなのに結構夜更かしするんですね？」

それを聞いた真鍋先生、すっ……と真顔になって一言、

「うん、だってあれかぼすじゃないから」

真鍋先生、いつ音の正体がかぼすちゃんじゃないって気づいたんでしょうか？　それとも最初

から気づいていたのでしょうか。
お互い学校を異動になってしまって、もう今では知るよしもないそうです。

狐憑き

●インディ（ゴールデン街ホラーズ）

新宿歌舞伎町ゴールデン街で働きつつ、怪談師・夜馬裕さんと共に怪談ユニット『ゴールデン街ホラーズ』として活動するインディさんにお話を伺った。

私は、新宿ゴールデン街のバーで、バーテンダーをしているのですが、先日こんな話を聞きました。

友人のバーテンダーである藤井君が、彼の田舎の友人の松本君を連れて私の働くバーにやってきました。二人は幼馴染で、藤井君が大学入学の為に東京へくるまでよく遊んでいたそうです。

大学入学以降は疎遠になってしまったようですが、松本君が東京出張する際に、久しぶりに連絡があったそうで、勝手知ったるゴールデン街へ飲みにきたとのことでした。

二人はしばらく酒を飲み、昔話に花を咲かせていましたが、赤ら顔の藤井君が突然、こんなことを言いだしたのです。

「そういえば、俺たちの地元で狐に憑かれた人がいるんですよ。吉岡って二つ上の先輩で。『ケーン』って狐みたいに吠えたり、言葉とか喋んなくなって人の家に勝手に侵入して冷蔵庫をあさって警察を呼ばれたりして。マジで動物みたいになっちゃったんですよ」

藤井君は、私が怪談を集めていることを知っているので、昔話をしている際に思い出したのでしょう。

「なんで狐に取り憑かれたの?」

私が疑問に思い尋ねると、

「なんだったかなあ、なんで狐が取り憑いたんだろう? とにかく怖い先輩で、後輩イジメとか凄かったんですよ。暴力的な先輩だったんで、会わないようにしていたら、先輩がおかしくなったって話を耳にして。そうだ、噂では神社の賽銭を盗んだとか、そんな感じのことをして狐に取り憑かれたって聞きましたね。なんせ悪いことばかりしていたから、何が原因か本当のところは解らないです。とにかく、そのせいかは知らないけれど、学校にこなくなって家に引き籠もって、家で油揚げばっか食べてるとか。コンコン唸ってたりとかの噂を聞きました。本当に狐憑きってあるんだなと思って。おっかないですよね」

彼らは中国地方出身なので、確かに狐憑きの文化のある地域である。

貴重な話を聞けてありがたい。

そう思っていたところ、松本君が浮かない顔をしている。藤井君がひたすら喋っているときもなにか言いたげな顔をしていた。

「その先輩のその後とか知ってる?」

私が松本君に尋ねると、

「藤井。お前の記憶ではそうなっているのか。話が違うよ」

そう言って松本君が語りはじめました。


「吉岡先輩がおかしくなったのは間違いない。でも、あれは……。吉岡先輩が下級生の女の子を襲って、その子の両親が神社の神主に頼んで狐を取り憑かせたんだよ。暴力的な先輩に狐を取り憑かせて皆を護ったんだよ。先輩はあんな性格だから、将来人殺しとかの酷い犯罪で刑務所いきになってもおかしくない。だからあれでよかったんだよ」

「なんでそんなに詳しく知っているの? 地元の人たちには周知の事実なの?」

と私が尋ねると、

「いや、地元の人も知らないんじゃないですかね？　なんで俺が知っているかというと、依頼を受けて狐を取り憑かせたのは、俺の叔父なんですよ」

そう言うと、ホテルの最寄り駅の終電の時間だと言って松本君は店を出ていった。


松本君が帰ったあとに、今度は藤井君が浮かない顔をしていました。

「大丈夫？」

と話しかけると、藤井君は、何かを思い出したようでした。

「松本の実家は寺なんですよ。神仏習合の寺なので、親類が神社とか色んなことをやってるってのも聞いたことあります。ただ、思い出したんですけど、さっき言っていた吉岡先輩に襲われた女の子って、松本の今の嫁ですよ。襲われたってのは知らなかったです。本当かなあ？　つきまとわれてたのは知ってます。当時、俺は彼女に相談されたんですよ。吉岡先輩と松本につきまとわれていて怖いって。松本は地元では嘘ばかりついて、あまりいい噂を聞かなかったから。あいつ、私怨で先輩に狐を取り憑かせたんじゃないのかな？　あいつの性格だと今もそういうことやってそうだなあ」

「彼は今、何やっているの？」

私が尋ねると、

「松本は実家を継いで坊さんやってますよ。なんか、気持ち悪くて地元に帰りたくなくなりましたよ」

藤井君はそう言って、ため息をつきました。

懐かない猫

●ひがしゆうき

映像制作、役者などをされているひがしゆうきさんにお話を伺った。

鹿児島県の薩摩半島から西へ30キロほどの場所にある甑島《こしきしま》で生まれ育った。

家族は、両親と妹との四人暮らしだった。

甑島には『島立ち』という言葉がある。

甑島には高校がない。そのため中学を卒業すると、本土の高校に通う。俺と妹は鹿児島市内に引っ越して、それぞれのマンションにひとり暮らしをしていた。

島を出てのはじめてのひとり暮らしが寂しかったのか、妹は猫を飼いはじめた。とても小さな猫でニャアニャアと甘えてくる愛嬌のある猫だった。俺は時折、その様子を見にいっていた。

しかし、段々と猫の様子がおかしくなっていくのに気づいた。あんなに愛嬌があって懐いていたのが、最初からヒステリックな様子で、近寄るとシャー！　シャー！　と威嚇してくる。何度も面倒を見ている俺にでさえそうなのだから、他人に対しては一切心を開かなくなった。

原因は妹にあった。

妹が猫を虐待していたのだ。具体的に、どんな虐待をしていたかは分からないが、猫に日頃の鬱憤をぶつけていたようだった。

俺の住んでいるマンションはペット不可だったため、引き取ることもできなかった。妹に対して注意もしたが、それで事態が好転することもなかった。

そんな妹にも彼氏ができて、トントン拍子で結婚することになった。夫になる人が、猫が苦手な人だった。

妹は猫を手放して、両親が引き取ることになった。猫は甑島に引っ越したものの、性格は変わらなかった。誰が近づいてもシャー！　シャー！　と威嚇する状態。両親にも懐かない。俺も様子を見にいったのだが、高校時代に面倒を見てもらったことなどすっかり忘れてしまっているようで、威嚇された。

何ヶ月も世話をしてきて、やっと両親にだけは攻撃を仕掛けなくなった。

とくにおふくろは優しい人だと理解したようで、甘えるようになった。

他の人には相変わらずだったが、まあ両親が面倒を見ているからいいかと安心していた。

そんなある日、おふくろが倒れた。

島の病院に運ばれたが、小さな病院では対処できない重篤な状態。本土の大きな病院に移送された段階で意識不明になった。

23時におふくろは亡くなった。

親父は島で待っていた。いつも威嚇しかしてこない猫が、おふくろが亡くなった23時ごろ、急にニャーニャーと甘える声を出しはじめたそうだ。

親父は『逝ったな』と思った。

俺の家には23時半ごろに電話があり、おふくろの死を知った。

親父が心配だったので駆けつけた。

あんなに懐かなかった猫は、そのときだけ足にすり寄ってきた。

「お前はお母さん似てたから、お母さんだと思ってすり寄ってきてるんじゃないか?」

親父にそう言われた。

それから数日後、親父に電話をかけた。

父親は思ったよりも元気そうだった。猫がどうなっているのかを聞くと、

「あの次の日、いなくなったわ」

今まで一度も粗相をしたことがなかったのに、急に布団に排泄をしたらしい。それで、掃除をしようと少しだけ玄関の外に出したら、そのままいなくなってしまったらしい。いつものようにすぐに戻ってくるものと思っていたが、そのまま戻らなかった。

「猫としては結構の歳になっていたしなあ。お母さんに呼ばれたんじゃないかな」

親父は寂しそうな顔だった。

おわりに

獣怖、いかがだったろうか？

動物と人が織りなす、残酷な喰い合い怪談を楽しんでもらえただろうか？

ちなみに、俺は死にかけた。

この本は、もともと２０２４年の年末が締め切りの予定だった。ところがクリスマスにインフルエンザになってしまった。ウイルスは動物ではないのかもしれないが、半生命的なものではあるだろう。書かなくてはならない獣怖の原稿のことを考えながら寝ていたから、脳内にはグロテスクでエキセントリックな動物たちのエグい映像が溢れて死にそうになった。

やっと治って、一月末のガチ締め切りのときにまた38・5度の熱が出た。ぐわんぐわんと視界が揺れる中、なんとか原稿を書いた。生物的に危機的な状況で怪談を書くのはなかなか大変だったが、結果的に怖く面白くなってくれていたらいいのだが。

この本は精神的には『人怖』シリーズの続編だと言えるが、人怖シリーズには載せなかった霊の話や不思議な話も載せた。俺は個人的には霊現象は信じていないが、それでもエピソードとして怖いのは確かなので収録した。

実は、本文には載せなかったエピソードがひとつある。このエピソードを話した女性は、

「こんなに気持ち悪い話、初めて聞いた！」

と顔面蒼白で言っていた。

せっかくなので、あとがきに載せてみようと思う。

僕は東村山のマンションに住んでいる。五年ほど前に格安で買った中古のマンションだ。住みやすいベッドタウンだと言えるし、田舎っぽい街だとも言える。僕が引っ越してきたときはコロナの時期で、ほとんどの店がやっていなかった。やることがない。

仕方がないので、ベランダで植物を育てはじめた。マンションの四階で周りは平屋だから、日当たりだけはとてもいい。元々育てていたガジュマルを小さな鉢から大きな鉢に植え替えると、どんどん大きく育っていった。コーヒーの木、テーブル椰子、唐辛子、アロエ、とどんどん増えていった。

そして、せっかくだから野菜も収穫できるといいなと思い、ジャガイモとパクチーも植えた。

コロナ禍は長引いたものの徐々に元の生活に戻っていった。取材をしたり、イベントや番組に出たりして、家を空けることが増えていく。

ただ庭の植物たちは、枯れるものは多くあったもののスクスクと伸び続けるものが多かった。野菜も結局収穫することはなかったが、枯れもせず、毎年育っては花を咲かせていた。

ある日ベランダに出ると、パクチーの植木に違和感があった。何かグルグル模様のように見えた。じっと見てみると、アゲハ蝶の幼虫がムシャムシャとパクチーの葉を食べていた。僕は昆虫が苦手ではないがさすがに引いてしまった。

でもしばらく見ていると、けなげで可愛く見えてきた。どんどん大きくなっていく。ただ、パクチーの植木鉢はあまり大きくなく、六匹が食べるには量が足りないように思えた。

実際足りなくなってしまったので、仕方なく代わりにパクチーと近い植物のパセリの葉を置いてみたら、食べはじめたのでホッとした。

しかし、翌日に見ると三匹になっていた。何の囲いもしてないから、鳥にでも食べられたのかな？　と思う。

ちょっと残念な気持ちになったが、食物連鎖なら仕方ない。

夜中にトイレに立ったときに、ふと気になってベランダを見る。部屋の明かりは直接当たらずに暗い。

鉢からは、ポリポリコリコリと音がする。違和感を覚えてジッと見ると、目が慣れてきてやっとそこで何が起きているか分かった。

大きな真っ黒な大和ゴキブリが二匹、コリコリと幼虫を食べていた。

最後の獣怖、いかがだっただろうか?

２０２５年２月５日　村田らむ

動物たちが織成す狂氣の物語

獣怖

ケモノコワ

2025年3月8日　初版第一刷発行

著　者　村田らむ ©Ramu Murata

装　丁　水木良太

写　真　アフロ

編集人　吉野耕二

発行所　株式会社 竹書房
〒102-0075
東京都千代田区三番町8-1
三番町東急ビル6F
E-mail: info@takeshobo.co.jp
https://www.takeshobo.co.jp/

印刷・製本　中央精版印刷株式会社